みじめな愛人

シャンテル・ショー 作
柿沼摩耶 訳

ハーレクイン・ロマンス
東京・ロンドン・トロント・パリ・ニューヨーク・アテネ・アムステルダム
ハンブルク・ストックホルム・ミラノ・シドニー・マドリッド・ワルシャワ
ブダペスト・リオデジャネイロ・ルクセンブルク・フリブール・ムンバイ

HIS PRIVATE MISTRESS

by Chantelle Shaw

Published by Harlequin K.K., Tokyo, 2010

◇作者の横顔

シャンテル・ショー　イギリスの作家。ロンドン育ちで、頭の中でおはなしを作るのが大好きな少女だった。二十歳で結婚、第一子の誕生とともにケント州の海辺に移り、現在に至っている。浜を散歩しながら小説の構想を練るという。趣味はガーデニングやハイキング。六人の子供の母親でもある。

主要登場人物

イーデン・ローレンス……………ジャーナリスト。
サイモン・ローレンス……………イーデンの弟。故人。
ネビル・モンクトン………………イーデンの友人。愛称ネブ。
クリフ・ハーリー…………………イーデンの友人。新聞社の編集長。
ラファエル・サンティーニ………F1ドライバー。
ジャンニ・サンティーニ…………ラファエルの弟。故人。
ファブリッツィオ・サンティーニ………ラファエルの父親。
ペトラ………………………………ラファエルの個人アシスタント。

1

〝それでは、主なローカル・ニュースです。昨日、ここウェルワースにあるグリーンエイカース脊髄《せきずい》損傷専門病院は思いがけない人物の訪問を受けました。F1チャンピオンのラファエル・サンティーニがヘリコプターで登場し、数時間にわたり院内の全員と言葉を交わし、高額の寄付をしたのです。事務長のジーン・コリンズによれば、病院じゅうが彼の訪問に大興奮したそうです〟ラジオのニュースキャスターはそこでくすくすと笑った。〝ご婦人方の熱狂ぶりは想像にかたくないですね。サンティーニはサーキットの外でも伝説的ですから！　次は天気予報ですが、その前にケイト、きみはサンティーニのことをどう思う？〟

〝あら、セックスの神様そのものよ、ブライアン。おかげで私の気分は晴天だけど、それにひきかえ予報のほうは……〟

イーデンはラジオのスイッチをたたきつけてキャスターのはしゃいだ声を遮断し、いらいらと車の列を見やった。道路はどこもかしこも工事だらけだ。ハンドルをせっかちに指でたたきながら、いらだっているのは遅刻しそうになっているせいよと言い聞かせる。ゆうべ二杯目のワインをやめておけばよかった。ホテルに着いたとき、イーデンはそう確信した。寝過ごしたのも、こめかみに鈍い痛みがあるのもそのせいだ。

ハイヒールの音をロビーの大理石に響かせながら、鏡を盗み見る。クリーム色のパンツスーツに豊かなブロンドの髪を三つ編みにした姿は、知的でエレガントに見えた。落ち着き払った態度の下で胸が高鳴っている。みぞおちのあたりがむかむかする理由なんかひとつもないのに。こんなに緊張するなんてばかばかしい。

受付のセキュリティは当然厳重だった。いらだちをつのらせてイーデンはバッグをかきまわし、報道用の出入許可証を捜す。警備員が入念にチェックし、入っていいと合図するころには不機嫌さを隠しきれなくなっていた。フォートノックスの金塊貯蔵所に侵入するほうがまだ簡単だわ。会場の入口で別の警備員に制止され、イーデンはまたうんざりした。

「遅刻ですね」警備員がたどたどしい英語で念を押す。「会見はすでに始まっています」

「静かに入っていきますから。誰にも気づかれないように」本当にそうならいいけど。絶対に人目を引きたくない。予定では、とっくに会場のうしろで報道関係者の群れに紛れているはずだった。

会場には人があふれていた。ラファエル・サンティーニはめったに会見を開かない。ラファエル——ラフェとマスコミとは愛憎入りまじる関係にある。マスコミは彼の一挙一動を報道しようと躍起になり、ラフェは私生活を侵害されるのを忌み嫌っているのだ。三年前の弟ジャンニの悲劇的な事故の原因がラフェにあるとのマスコミの憶測のせいで、彼のパパラッチへの憎悪は病的なまでに悪化した。F1チャンピオンの地位にあっても、報道関係者へのコメントはつねに短く、そっけなかった。ファブリッツィオ・サンティーニはどんな手を使って長男をマスコミの前に引っぱり出したのだろう。

イーデンは頭を低くして会場後方の残り少ない空席のひとつに目立たないように体を沈め、そっと目を上げてステージを見た。今朝からずっと心の準備をしていた。いえ、それは嘘《うそ》。ラフェに再会するとわかってから何日も気を引き締めていた。それでも彼の姿を見たとたん、たまらなくハンサムな顔に息をのみ、胃が引きつった。イーデンは気持ちを立て直そうと視線を落とした。

ラフェは退屈しているように見えた。精悍《せいかん》な顔には興味ありげな表情を張りつけている。彫像のように整った輪郭、高い鼻梁《びりょう》、太い眉の下の黒曜石のような瞳は、居並ぶ女性たちを釘《くぎ》づけにしていた。だが、遠目にも彼のいらだちの兆候は見てとれた。本こわばった顎の線、落ち着きなくペンをまわす指先。白い歯を見せてほほ笑んではいるが、目は笑っていない。ふいにラフェの体がこわばり、細めた目がイーデンのほうに向けられた。私がいることを知っているはずはない。イーデンはさらに深く椅子に沈みこんだ。ラフェは私がジャーナリストでウェルワースの出身だということは知っている――出会ったのもここだった。そして、彼が高額の寄付をしたばかりの脊髄損傷病院にもまだかかわりがあると知っているだろうが、よもやこの記者会見に来ているとは思わないはずだ。彼が緊張したように見えたのはただの思いすごしだわ。

でも、ラフェは私が部屋に入ると必ず気づいたんじゃなかったかしら？　イーデンの頭のなかでささやく声がした。二人とも、第六感で、こみ合った室内でも相手が近くにいるとすぐにわかった。それも今は思い出したくない。ラフェに関する記憶は、本心を見せない冷淡な恋人というだけで充分だ。与えてくれたのは最高の性的喜びだけで、ほかには何もない。それが別れようと思った理由のひとつだった――本当は、その前に無残に捨てられたのだけれど。

ずいぶん時間がたったのに、思い出すとまだひどく胸が痛むのは驚きだ。だけど、激しい感情に翻弄《ほんろう》された日々の記憶は、今の平穏な生活に必要ない。

最前列の女性が、二日後にシルバーストーンで開催されるイギリス・グランプリでの勝利の見こみを尋ねると、ラフェはやや緊張を解いた。セクシーなほほ笑みがイーデンのみぞおちを引きつらせた。

「見こみじゃない」相変わらず人を食ったような傲《ごう》慢《まん》さでラフェは答えた。「僕は勝つよ。車も僕も絶好調だからね」思わせぶりにウインクすると、若い女性記者はたちまち骨抜きになった。会場に笑いが広がる。〝イタリアのプレイボーイ〟の名は伊達《だて》じゃないわね。彼の色恋沙汰《ざた》はつねに新聞や雑誌の見出しを飾っていた。イーデンは歯ぎしりをしてノートを手にした。

ほかの記者の質問から情報を拾えばいい。クリフだってそれ以上は期待していないはずだし、期待していたなら、がっかりしてもらうまでだ。ラフェの独占インタビューなんて、とんでもない。あの若い女性記者のように、かつては私も彼の魅力のとりこになったかもしれないが、もう世界一の女たらしの術中に落ちた感激屋の女の子ではない。

昔からの友人で『ウェルワース・ガゼット』の編集長であるクリフ・ハーリーは、F1界の英雄の日常に鋭く切りこんだ記事を望んでいるけれど。

「頼むよ、イーデン、きみはアフリカからの勇敢な脱出劇で名をはせた花形記者じゃないか」クリフはおだてた。「サンティーニ・レースチームの記者会見で特だねをものにできるのはきみしかいない」

「ラフェ・サンティーニはマスコミ嫌いよ」イーデンは反論した。「単独インタビューに応じるはずがないわ。会見だって、〈サンティーニ・コーポレーション〉がオックスフォードにあるスポーツカー・メーカーを買収したことを宣伝するためにしぶしぶ同意したのよ。ここ数年のサンティーニ・レースチームのスキャンダルから信頼回復する戦略として」

「そうだけど、きみにはラフェをかなり親密に知っているという強みがあるだろう」訳知り顔ににやりとされて、イーデンは顔を赤らめた。ええ、そうよ、私はラフェをよく知っているわ。体のすみずみまで。四年たった今でも、あのオリーブ色の広い胸も筋肉質の固い腿も思い浮かべることができる。「ラフェとの友人関係はとっくに終わっているわ」ラフェを友人と呼んだことににやにやするクリフを無視して、イーデンは取り澄まして宣言した。本当のところはクリフの言うとおりなのだ。私がラフェの友人だったことはない。セックスのパートナーではあったけれど、気分しだいで呼びつけられ、自分にべた惚《ぼ》れしている恋人としてひけらかされた。だが、二人の関係がそれ以上深まることはなかった。

「突っこんだ情報が欲しいんだよ。サンティーニの行動の裏側とか、レース直前の心理とか。神話に隠された男の真実を暴き出すねたが……」

「知りたいのは彼のベッドのお相手でしょう」イーデンは、皮肉たっぷりに言った。五年前、彼女とクリフはともに『ウェルワース・ガゼット』の新米記者だったが、それ以降はまったく違う道に進んだ。クリフは新聞社に残って幼なじみの恋人と結婚し、編集長にまで上りつめた。

一方のイーデンは怖いもの知らずの海外特派員として一目置かれ、内紛が続く象牙《ぞうげ》海岸の記事を発信した。三年間神経をすり減らす生活に耐えたあと、休息し、自分を取り戻す時間を必要としていた。

当初は両親に実家でじっとしていると約束したものの、ひと月もすると居ても立ってもいられなくなり、クリフの新聞社の仕事に飛びついたのだ。「姑《こ》息《そく》なまねはしないわ」イーデンは警告した。「ラフェとつきあって、タブロイド紙に顔が載って、あることないこと書かれる気持ちが骨身にしみたもの」

イーデンは不快な記憶を頭から締め出し、〝当面F1に出場しつづける意向〟というラフェのコメントを走り書きした。父のファブリッツィオの健康状態を懸念する声が聞かれていた。次男ジャンニの事故で相当参ったらしい、と。ファブリッツィオが〈サンティーニ・コーポレーション〉の総帥の座をラフェに譲るという噂《うわさ》もあったが、イーデンは懐疑的だった。ラフェがレースをやめるはずはない。レースは彼の体の一部だ。スピードと興奮を欲し、その闘争心の強さゆえに十年ものあいだこの競技のトップの座に君臨しているのだ。

ラフェは並の男とは違う。内なる野性によって、普通の人間には狂気としか思えないような危険に駆りたてられ、そして必ずそれを成し遂げる。ラフェのようになりたいと思う者は大勢いたが、とりわけ弟のジャンニの願望は強かった。だが対抗意識は兄弟間の競争の域を超えて過熱し、ついに悲惨な衝突事故に至った。

会場は暑く、イーデンの隣の太った記者は大汗をかいて、ノートとプラスチック・カップに入ったコーヒーと格闘していた。彼が落としたペンを拾おうした拍子に熱いコーヒーがイーデンの膝にかかった。

「おっと、ごめんよ」イーデンは悲鳴をあげ、広がるしみを押さえようとあわてて立ち上がりかけた。

「はい、奥の若い女性の方」ラフェの代理人の声がステージから響き、そのあとに長い沈黙が続いた。

「きみのことだよ」別のレポーターに急《せ》かされ、イーデンは赤くなって急いで腰を下ろした。

「質問はありません」小声で言うと、そのレポーターはあきれたようにため息をついた。

「何か考えるんだ、頼むよ、サンティーニが焦れて会見を終わらせちゃうじゃないか。気の長さで有名な男というわけじゃないんだぞ」

自分に好奇の目が注がれていることに気づき、イーデンは何か言うしかないと腹をくくった。真っ白になった頭に最初に浮かんだ質問が口をついて出る。

「ミスター・サンティーニ、脊髄外科病院への関心と経済的支援はハンガリー・グランプリの事故で弟さんが怪我《けが》をされたことによるものでしょうか？」

会場にざわめきが広がり、多くの顔がこちらに向けられる。イーデンはさらに深く椅子に沈んで、彼女の作り声にラフェが気づかないことを祈った。もう四年もたったのだ。さっさと次の質問に進んでくれるかも。

「なんてことを」イーデンの横に立つレポーターがうめいた。「会見の前にサンティーニの代理人が、ラフェの私生活、特に弟に関する質問はいっさい受けつけないと言ったのを聞いていなかったのか？」

「遅れて入ったから知らなかったのよ」

ステージの上ではラフェがそばの人間と押し問答をしていたが、代理人がイーデンのいる方向に目を向けた。「ミスター・サンティーニが今の質問を繰り返すよう言っています。まずは立ってお名前を」

匿名希望ももはやこれまでね。イーデンは横の出口に目をやり、脱出を試みようかと悩んだが手遅れだった。会場じゅうの視線を浴びて、しかたなくのろのろと立ち上がる。距離があるから彼は気づかないかもしれないと一縷《いちる》の望みにしがみつきながら。しかし、ステージに視線を向けると、急に会場に自分とラフェしかいなくなったように思えた。

黒い瞳が値踏みするように見つめている。薄皮を一枚一枚はがされて丸裸にされ、体の奥まで入りこまれた気分だった。ついとそむけたラフェの目に走った侮蔑《ぶべつ》の色に、イーデンは体の震えを覚えた。

「イーデン・ローレンスです。『ウェルワース・ガゼット』の」つまった喉から声を絞り出す。気づかれた以上は正体を偽ってもしようがない。「脊髄損傷治療を専門にするグリーンエイカースへの援助は、弟さんが事故で不随の身になられたためでしょうか？」頭がずきずきする。頬が燃えるように熱く、ふたたび向けられた険しい視線を受け止めながら、イーデンは椅子の背をつかんで体を支えた。

「ミスター・サンティーニはほかにも多くの慈善団体に寄付しています」ラフェの代理人はぴしゃりと言った。「ですが、会見の冒頭で言明したとおり、個人的な質問にはお答えしません」

当然の叱責《しっせき》を甘んじて受け、イーデンは腰を下ろしかけたが、歳月を隔ててもいまだに背筋に震えを走らせる声に途中で凍りついた。

「ミス・ローレンス、僕の私生活に関心を寄せていただき光栄だ。たしかに非常に……個人的な理由もあって脊髄損傷外科を支援している。すばらしい実績を上げている病院だからね」

どうしても目をそらすことができず、イーデンはラフェの瞳を呆然《ぼうぜん》と見つめた。周囲のジャーナリストたちのささやきが耳に入る。

「イーデン・ローレンスだ。全国紙に記事を書いていなかったか？　二年前にアフリカで起こった軍事クーデターに巻きこまれたあの記者だよ」

「そうだ、たしかサンティーニとつきあっていたんじゃ……」

早くここを脱出しなければ。そう思ったとき、どこからともなく二人の警備員が両側から現れ、イーデンは絶対に会いたくなかった男の目の前で会場からつまみ出されるという屈辱を受けるはめになった。

「こちらへどうぞ」

ほとんど命令だ。ここはおとなしく従ったほうがよさそうね。いったい何を血迷って、ラファエル・サンティーニの半径十キロメートル以内に近づいたりしたのだろう？　イーデンは顔を上げて内心の屈辱を隠した。クリフの頼みなど聞くんじゃなかった。ラフェに会う可能性がある記者会見に出るなんて。

本当はクリフの責任でないのはわかっていた。私はラフェに会う機会を無視できなかったのだ。だが、彼に会ってももう何も感じないかどうかを試したかったとしたら、それは完全な失敗に終わった。

ここに来たこと自体間違いだった。ホテルの出口に向かうイーデンの腕に警備員のひとりが手を置き、否応《いやおう》なくエレベーターのほうへ向かわせた。

「ちょっと、何するの？」イーデンは不機嫌な声で言った。「もういいでしょう。帰らせてもらうわ」

「なんとおっしゃいました？」警備員は肩をすくめた。とぼけないでよ。だが、イーデンはいつの間にかエレベーターに誘導されていた。「シニョール・サンティーニはお部屋でお会いになります」

「そんなの知らないわよ！」最上階に着き、降りるようにうながされたが、イーデンは反抗的ににらみつけ、一歩も動かなかった。警備員は二人とも大男で正直言えば怖かったが、強面《こわおもて》のごろつきどもとは何度もやり合ってきた。「私はシニョール・サンティーニに会うつもりはないと伝えてちょうだい」

「なんと？」いかにも地中海人らしく肩をすくめる動作はおどけて見え、イーデンの怒りに火がついた。

「シニョール・サンティーニに伝えて……」

「ご自分でおっしゃっては？」

いつの間にかもう一台のエレベーターが到着し、突然ラフェが姿を現した。長身で浅黒く、たまらなくハンサム。イーデンは心臓がひっくり返りそうになり、エレベーターのドアを閉めようと必死にボタンを押した。イタリア製の革靴が閉じかけたドアにねじこまれた。ラフェの顔に獲物に食らいつく狼《おおかみ》のような笑みが広がり、イーデンはあとずさった。

「これは、これは、イーデン・ローレンスじゃないか」強いイタリア語訛《なまり》のある英語でラフェは語尾を伸ばすように言った。「またひどく意外な人物が現れたものだ！」如才ない口調ににじむ侮蔑にイーデンは身震いした。ラフェは自分の背後にたたずんでいた老夫婦に笑みを向け、彼女にささやいた。

「出ておいで、イーデン。ご迷惑だよ」

まるで照明のスイッチを入れるみたいに、自分の魅力にスイッチを入れることができるのね。しかたなく廊下に出たイーデンを両側から警備の男が挟んだ。

ラフェがエレベーターを閉めると、イーデンは食ってかかった。「もう用心棒は下がらせて結構よ。会見場から手足をつかんで私をつまみ出しただけでなく、こんなところまで引きずってくるなんて」

ラフェは警備の男と早口のイタリア語で何か言葉を交わした。「大げさだな、イーデン」ラフェは彼女に向き直った。「パオロもロマーノもきみに最大の敬意を払ったと言っているぞ」彼の口ぶりと冷酷な目つきは、そんな敬意は本当はイーデンには値しないと言わんばかりだった。ラフェに部屋に入るようにうながされて、イーデンはむきになって足をふんばった。

「結構よ。こんなところにいるつもりはないわ」

ラフェはいぶかしげに眉を上げた。「僕に会うためにこのホテルに来たのに？」

並はずれた自信家なところは変わらない。イーデンは苦々しく思ったが、実際、変わるはずもなかった。物心ついて以来、女性という女性が彼の意のままになってきたのだから。「相変わらずうぬぼれが強いのね、ラフェ」イーデンは冷ややかに言い捨てた。「おあいにくさま、昔世話になった新聞に記事を頼まれて、しかたなく来ただけよ」

「そう」ラフェの甘い声に、イーデンはいらいらした。昔は彼によく気持ちを見透かされた気がしたものだ。あのころは私も若くて、感情を隠すすべを知らなかった。「せっかくだから、飲み物ぐらいどうかな」ラフェは冷やかすように眉を上げた。「きみはのぼせているようだし、スラックスに何かこぼしているよ」

たちまちイーデンは全身が熱くなった。きっと顔も真っ赤になっていることだろう。クリーム色の麻のスラックスに目を落とすと、黒っぽいしみが腿の半分まで広がっていた。

「コーヒーよ」イーデンはぶつぶつ言った。「隣のまぬけな記者にコーヒーをかけられなければ、あなたに気づかれることもなかったのに」

「きみがいるのはわかっていたさ」ラフェは豪華な革のソファを示し、そっけなく言った。「何がいいかな。ワイン、ジュース、そうだ紅茶かな？」イーデンが紅茶好きなのを思い出したらしい。

「オレンジジュースで結構よ」イーデンは急いで答えた。早く逃げ出したいのに、熱い紅茶は飲むのに時間がかかる。アルコールは論外だ。頭はすっきりさせておかなくては。「わかってたってどういうこと？　わかるわけないでしょう？」

「きみがいると感じた」ラフェはあっさりと告げた。

「騒ぎを起こさなくても、見つけていたはずだ」


重苦しい沈黙が部屋に満ち、イーデンはゴールドとベージュの繊細な模様に見入るふりをしてカーペットに目を落とした。内心では乱れ打つ胸の鼓動を静めようと必死だった。ラフェはあまりにも魅力的で、自分は長いあいだ彼に会いたくてたまらなかった。どうしても彼のほうへさまよう視線が精悍な顔をたどり、セクシーな唇のカーブの上にとどまった。

「火傷《やけど》していないか、脚を見たほうがいい」よく冷えたジュースのグラスを渡しながらラフェが言った。

「予備のバスローブがあるから、それを着て。そのあいだにスラックスをクリーニングさせよう」

「いえ、結構よ。ありがとう」スラックスが仕上がるまでラフェと一緒にいると考えただけで、イーデンはジュースにむせそうになった。

「でも、早くしないとしみが抜けなくなる」

「新しいのを買うわ。ほっといてちょうだい。四年ぶりに再会してたった五分で服を脱ぐつもりはないわ」

「どれだけあればいいのかな。十分、十五分？　服を脱ぐのももどかしそうにしていたのがなつかしいな」かっとなって息をのむイーデンを無視し、ラフェは向かいのソファに悠然ともたれた。背もたれに腕を伸ばし、すっかりくつろいでいるようだ。

報道写真は彼の本当の魅力を伝えきれていなかったわ。私自身の記憶も。イーデンが四年間意識の下に封印してきたラフェのイメージは目の前の圧倒的な存在感の前でかすんでいた。思っていた以上のセクシーな魅力にぼうっとしていたイーデンは、ラフェの皮肉な言葉にようやく我に返った。

「私がまだ世間知らずの子どもだったころの話よ。もっとも、あなたはすぐに私の無垢《むく》を奪ったはずだけど」内に感情を秘めた黒い瞳で見つめられただけで、私はたわいもなく落ちてしまったのだ。「小娘が偉大なラファエル・サンティーニに勝ち目はなかったのよね？」嬉々《きき》として体を投げ出した自分を思い出し、口調に苦々しさがにじむ。

「きみは熱心な生徒だったよ」ラフェは冷たく答えた。「できがよすぎて、僕の弟に手を出すほど」情け容赦ない言い方にイーデンはおののいた。彼の憎しみは消えるどころか激しさを増している。いわれのない非難に、目頭に刺すような痛みを覚えた。

「それは嘘よ……」

「この目で見たんだ」ラフェは立ち上がり、燃える目を向けた。「きみとジャンニが抱き合うのを。あのときプールサイドで見たのは幻だとでも？」

かつてイーデンはラフェの短気なところを恐れていた。肉体的な暴力は決して心配していなかったが、辛辣《しんらつ》を極めた激しい怒りの言葉に生皮をはがれる思いがしたものだった。

「何も話す気はないわ」イーデンは、おびえた様子を見せまいと静かに答えた。「言ってもむだでしょう？　四年前、あなたはまったく聞く耳を持たなかった。今になって分別がついたとは思えない」四年前は自分にこれっぽっちの自信も持てず、彼を全面的に崇《あが》めていたけれど、もう違う。たった五分で有罪判決を下されたうえに、私がまだ終身刑に苦しんでいることを悟られるのは我慢できない。

「分別だと！　僕はきみが半裸も同然の姿で弟の腕のなかにいるのを見た。それでも分別を持てと？」

一方的に非難を浴びて、怒りがこみあげてきた。こんなふうにののしられ、何年たっても癒《い》えることのない傷口をこじ開けられたくはない。

ラフェは部屋のなかをいらいらと歩きはじめた。豊かな黒髪は、短くカットしてもうなじでカールする癖があった。イーデンはその髪に指を差し入れ、彼の唇を引き寄せたものだった。記憶の生々しさに胸が痛み、ラフェの広い肩から視線を引きはがす。何も思い出したくない。一刻も早くここから逃げなければ。

「ずっと昔のことよ」イーデンは癇癪《かんしゃく》をこらえて、低い声で言った。「時間は流れるし、私も立ち止まってはいない」だが、実際にはちっともそうは感じられなかった。今この瞬間も、五年前初めてラフェに会ったときのように自分が未熟に感じる。初めて会ったのもホテルだったが、あのときは逃げるどころかわざわざ排水管をよじ登り、スイートルームの窓を乗り越えて、彼の足元にぶざまに落ちたのだ。

こんなときでもそれを思い出すと自然にイーデンの口元がほころび、ラフェがいぶかしげな目で見た。

「何がおかしいんだ？」強い訛にイーデンは鳥肌が立つほどぞくぞくした。濃厚で心地よい響きが、まるでとろけるチョコレートを舐《な》めるように彼女にまつわりつく。

「初めて会ったときのことを思い出しただけよ。二階のあなたの部屋までよじ登ったときのこと。排水管と蔦《つた》か何かにつかまってね」

「あれは三階だった」ラフェはかすかに身震いして言った。「あのとき頭をよぎったぺちゃんこになったきみの姿は、今でも頭から離れないよ。もしあそこから落ちていたらと思うと」

イーデンはまばたきをして涙をこらえた。心配するふりをしなくても結構よ。欲望以外の感情が彼になかったのははっきりしている。「いったいあなたにどう思われたことかしらね」イーデンは首を振ってつぶやいた。窓から部屋に侵入した彼女はラフエ・サンティーニ、F1チャンピオンその人に助けてもらって立ち上がった。そこまでして会おうとしたのに彼のきらめく黒い瞳をひと目見て言葉を失い、その美貌《びぼう》に見とれるばかりだった。

あのころ、二十八歳のラフェは身体能力の絶頂期を迎えていた。それも三年間連続してチャンピオンになった一因ではあったが、それに加えて執念に近い闘争心、勝利への強烈な意志が、彼をヒーローへと押し上げた。サーキットの外での生活もドライビング・テクニックと同じくらい伝説的で、新聞や雑誌でしじゅう恋愛沙汰を暴露されていた。ラフェは成功していて、洗練され、たまらなく魅力的だった。イーデンがセクシーなイタリア人の魅力に勝てるはずがなかった。

「きれいだと思ったよ」優しい声の響きに、イーデンははっと顔を上げてラフェを見つめた。脈拍が速くなり、いやになるほどどぎまぎしていた。「きみは僕の知る女性たちとはまるで違っていた」ラフェの取りまきの華やかなモデルと大違いなのは言われなくてもわかっている。イーデンの表情を無視してラフェは続けた。「かわいらしくて恥ずかしがり屋なのに、意志が強い。命がけで僕の部屋に登ってきておいて、きみの言いぐさときたら、自分はファンじゃなく、弟のために来ただけだというんだから」

イーデンはばつの悪さを笑いでごまかし、ふっくらした口の端を持ち上げた。ラフェは唇を重ねたときの感触と味わいを思い出し、目を鋭く細めた。

「あなたの熱烈なファンだったサイモンに、サインをもらってくるって約束したの。脊髄損傷病院の開院の日に来てもらうのは無理でもね」サンティーニ財閥の後継者のガードは固く、ホテルのフロント係はけんもほろろだった。シニョール・サンティーニは誰とも会わない。地元紙の新米記者などとんでもない、と。だが、フロント係はおとなしそうな仮面の下のイーデンの鉄の意志に気づかなかった。

「でも、結局僕を口説き落とした」イーデンは、世界的な英雄が病院の開院の日に姿を現したときの驚愕《きょうがく》と、サイモンの興奮を思い出した。ラフェは車椅子生活を余議なくされている子どもたちと何時間もおしゃべりをして過ごした。サイモンはそれから何週間もラフェの訪問のことをしゃべりつづけ、寝室の壁には彼の英雄のポスターが並んだ。イーデンは気がつくとその写真を見つめていた。

当時十六歳だったサイモンは木から落ちて脊髄を損傷し、半身不随になった。歩くことはできなくても、よくしゃべり、笑って、会う人みんなを楽しませた。イーデンは思い出して目頭が熱くなった。

「サイモンはまだセンターに通っているのかな？　グリーンエイカースでは見かけなかったが」

「いいえ」イーデンは強く涙をのみこんだ。「サイモンは心臓発作で死んだわ。数カ月あとに……私たちが……私が……」

「きみが僕の弟と浮気をしたあとという意味か」苦苦しい口調にイーデンは胸をふさがれた。「ご家族はさぞつらかっただろう。特にお母さんは」

イーデンはうなずいた。「サイモンを失ったこともあって、父はアフリカでの宣教師の職を引き受けたの。自分たちが必要とされている土地に行けば、母がサイモンの死を受け入れられるのではないかと考えて」イーデンはこみあげる涙と闘った。目を上げると、ラフェが物問いたげな表情を浮かべて見つめていた。

「どんなにつらいかわかるよ」彼は静かに言った。「僕も弟を亡くしたからね」

すぐにイーデンは自分の無神経さを悔いた。「ジャンニのことはとても残念だった。あの事故は……ひどすぎる。二人ともお気の毒だわ」

「気の毒すぎて電話もできなかったんだな」ラフェは皮肉った。陰った瞳に怒りが表れていた。「なんということだ《マードレ・ディ・ディーオ》！　あんなに弟と親しかったのに、カード一枚送れなかったというのか」

「そんな、ひどいわ」イーデンは弱々しく言った。「病院まで行ったのよ。ジャンニの事故を聞いて、すぐにイタリアに飛んだわ」

「嘘だ。二度と歩けないほど重傷だったことは、どの新聞にも載っていた。あいつのつらさは、きみが誰よりも理解できたはずだ。弟さんのことがあったんだからな。それなのに、ジャンニの体が不自由になったと知ったとたんに見捨てた」ラフェは瞳に侮蔑を浮かべ、冷ややかに彼女を見すえた。

イーデンはあまりに不当な非難に吐き気を覚えた。「本当に行ったのよ」イーデンは身を乗り出した。「お父様と会ったわ。そして言われたの……」ファブリッツィオは自分がイーデンをどう思っているか告げ、彼女が歓迎されないことをはっきり伝えた。「でも、内容はもういいわ。とにかく、お父様は、私が病院にいることをジャンニもあなたも喜ばないと説明したわ」

「父はきみが来たとはひと言も言わなかったぞ」ラフェは噛《か》みつくように言い返した。まったく信じる気配のない口調に、イーデンはどうでもよくなった。「お父様がなぜ話さなかったのかは知らないわ。それなりの理由があったんでしょうけれど」

「どういう意味だ？」ラフェは聞きとがめた。

「私は嘘つきじゃないという意味よ！　私はたしかに病院に行った。そして、ジャンニだけでなくあなたにも会おうとした。話し相手が必要じゃないかと思って」語尾は曖昧《あいまい》になった。事故をラフェのせいにするマスコミの過熱ぶりが思い出されたのだ。

「あんなことのあとで、僕がきみに話をすると本気で思ったのか？」ラフェは吐き出すように言った。「いいか《ディーオ》！　そもそもきみは記者じゃないか！」まるで殺人犯みたいな言われようだ。しかし、当時のマスコミは彼が弟の事故を引き起こしたという噂に飛びつき、悪《あ》しざまな嘘を書きたてた。ラフェがマスコミ全体を憎悪するのも無理はない。

「イタリアに行ったのは、友人としてだった。仕事じゃなかったわ」イーデンは胸の痛みをこらえて、落ち着いて答えた。「でも、どうやらあなたは私のことなど少しも必要としていなかったようね」

張りつめた沈黙が流れ、イーデンはグラスを置いた。もうこれまでね。立ち上がってハンドバッグを手にしたが、部屋の奥のドアから入ってくる女性を見て体がこわばった。

「ねえ、ラフェ。まだなの？　今朝からずっと待ってるのに」

すね方は芝居がかっていても、とびきりの美人だ。イーデンはそんなことを気にかける自分をあざ笑った。ラフェはどんな美女でも選び放題で、たいていはプレイボーイという評判を高めるような相手を選んだ。開いたドアから寝乱れた巨大なベッドが見える。丸まったシーツとシャンパンのボトルは、彼が今でもあまり睡眠を必要としていない証拠だった。

イーデンの脳裏に消し去ったはずの記憶が否応なくよみがえった。ホテルで過ごした日々。昼は、プールサイドで開いた本に興味を持とうとむだな努力を続けながら、ラフェを待った。夜には、ラフェは巧みで精力的な恋人となった。彼が紡ぎ出す悦楽におぼれて、昼の寂しさも、自尊心を失った情けなさも耐える価値があると思ったものだ。

「ラフェったら！」女性は声をとがらせた。北欧系の訛がある。ラフェはいらだたしげに一瞥《いちべつ》した。

「今忙しいんだ、ミーサ。はずしてくれ」

ミーサは灰色がかった金色の髪を振り払い、不機嫌そうに音をたてて寝室のドアを閉めた。

「私のために追い払うことはないわ」イーデンは冷ややかに言った。「私も約束があるの。あの人が最新の広報責任者というわけね」イーデンは我慢できずに当てこすりを言った。ラフェがイーデンをおびき寄せるために提示した役職を思い出した。だが、仰々しい肩書は愛人という役割のカムフラージュにすぎなかった。それは今でも変わっていないらしい。

イーデンはドアの取っ手に手をかけたが、ラフェが先まわりした。手が触れて感電したような痺《しび》れが走り、イーデンは思わず腕を引いた。

「昼食を一緒にどうだ？」絞り出すような声でラフェは誘ったが、表情は険しい。お互いに何も話すことはないのに、なぜ誘うのだろう。アフターシェーブ・ローションの麝香《じゃこう》の匂《にお》いがする。彼の体が発する熱気にイーデンの体が反応した。激しく打つ心臓の鼓動は彼にも聞こえているはずだ。ふいにイーデンは、自分の口元を見つめるラフェがキスをしようとしていることに気づいた。

乾いた唇に無意識に舌を走らせ、イーデンはラフェの唇の感触を想像してめまいを覚えた。だが、少しでも自尊心があるなら、同じことを繰り返すわけにはいかない。

「結構よ。予定があるって言ったでしょう」

「キャンセルしろ」傲慢な口調に怒りがこみあげ、イーデンは冷たい表情で相手を一瞥した。

「三人で楽しむ趣味はないわ」寝室のドアに鋭い視線を向け、きっぱりと言った。「お友だちと会って食事をするの」

ラフェは眉を上げた。「その男は誰だ？」

「どうして相手が男性だと決めつけるのか知らないけれど、彼の名前はネビル・モンクトンよ。ウェルワースで不動産会社を所有しているわ」

「かの広大な地所を誇るモンクトン館《やかた》は言うに及ばずな」ラフェは語尾を伸ばすように言った。

「どうしてそれを？」

「僕はいろいろ知っているさ」ラフェはそっけなく答えた。「関心を持った理由はそれかな。領主館《マナーハウス》の女主人におさまることを夢見ているとか？」ラフェはつぶやいた。「そいつに弟はいるのか？」

「知らないわ」イーデンは困惑して目をしばたたいた。「なぜ？」

ラフェのほほ笑みにイーデンは凍りつき、その瞳に浮かぶむきだしの憎悪に体を震わせた。「身内に手を出すのはきみの得意技だと忠告しようと思ってね」イーデンはかっとして手を上げたが、ラフェに押さえられた。「ずいぶん気が短くなったんだな、いとしい人《カーラ》。だが、もともと僕が思っていたほど純真で優しい性格ではなかったんだな？」

「私はお人好《ひとよ》しの大まぬけだったのよ。特にあなたに対してはね。あなたには別の思惑があったんじゃないかしら？　私がジャンニと浮気をしていたほうが都合がよかった。だから私の話を聞こうとしなかったんだわ」イーデンは震える息を吸い、ドアを開けた。「私はあまりに世間知らずで、あなたはそんな私を踏みつけた。でも、二度とそんなことはさせないわ。私も成長したのよ、ラフェ。あなたが本当はどういう人間かよくわかったわ。はっきり言って、感心はしないわね！」

2

ラフェはパーティ会場をくまなく見渡した。彼の注意を引こうとする人々に向けた笑みにもいらだちがにじむ。イーデンの姿はなかった。アシスタントは地元の報道機関のすべてに祝勝パーティの招待状を送ったはずだが、イーデンは来ないつもりかもしれない。あるいは、僕のイギリス・グランプリの勝利を祝う会など来るに値しないと思っているのか。興味なさげな冷たい声を思い出し、苦々しさがこみあげる。〝はっきり言って、感心はしないわね！〟

あんな侮辱を受けたのは生まれて初めてだ。たしかに自分が天使のように清らかだとは言わないが。まったく《ディーオ》、それは真っ先に自分で認めるところだが、仮にも五度の栄冠に輝くF1世界チャンピオンで、サーキットを疾走して満場の観衆をわかせてきた。それなのにイーデン・ローレンスは、感心しないと言う。運転のテクニックの話でないのはわかっている。ラファエル・サンティーニという男の真実の姿を評価されなかったことがひっかかるのだ。イーデンこそ誰より彼を知る人間なのだから。

再会したイーデンにどんな反応を期待していたのか自分でも定かではないが、過去を水に流し、口をきくのを許したのだから、それなりの感謝を示してもらってもよさそうなものだ。しかし、過去にとらわれないのは思ったよりも簡単ではなかった。会見場にイーデンが現れたのには度肝を抜かれた。ウェルワースに戻り地元紙の記者をしていることは知っていたが、まさかホテルに来るとは。思いがけない姿にひどくうろたえた。彼女の美しさを忘れていた。いや、思い出さないようにしていたのかもしれない。

柔らかく、サテンのような肌。夏の空を思わせる瞳の色とふっくらした唇。その柔らかさと味わいは今でも思い出すことができる。だが、目をつぶると浮かぶのは、ジャンニにキスする彼女の姿だった。

「ラフェ、ひと晩じゅうここに突ったってなくちゃいけないの?」ミーサがかわいらしく唇をとがらせていた。媚《こ》びるような上目づかいに、ラフェは鼻白んだ。三カ月で二人の関係はお決まりのコースをたどっていた。この先にあるのは、別れを言い渡したときの修羅場だけだ。ラフェは自嘲《じちょう》気味に思った。

「僕にはとりたてて問題はないが」ラフェはもう一度会場の入口に目を走らせながら、冷淡に応じた。

「むろんきみは好きにすればいい」

「なんだってこんなウェルワースなんて田舎でパーティをするの?」ミーサはすねた口調で言った。

「そもそもここはどこ? まともなお店もないなんて」

ラフェの注意を引こうと、ミーサはしがみついてこぼれ落ちんばかりに胸を突き出したが、むだな努力だった。ラフェの視線はたった今宴会場に入ってきた女性に釘《くぎ》づけになっていた。

ミーサの露出過多な魅力と対照的に、胸と腰にぴったりと添ったシンプルなネイビーブルーの細身のドレスをまとうイーデンは、修道女のように貞淑に見えた。長いスカートに目立たないように入ったスリットからすらりとした脚がのぞいている。体の向きを変えると、前からは襟が高くつまって見えたドレスの背中が大きく開いていて、なまめかしいシルクのような肌が惜しげもなくさらされていた。

エレガントで洗練された女性。イーデンは成熟した大人の女性になった。ラフェはそう認めざるをえなかった。みぞおちのあたりが本能的な欲求で痛いほど引きつる。イーデンは誰よりも感じやすく愛情にあふれ、官能をコートのように身にまとっていた。

ラフェの足は彼女に向かっていたが、ネビル・モンクトンに先を越されたことに気づいてきびすを返し、スポンサー企業の宣伝モデルが集まるほうへ向かった。あのモデルたちなら少なくとも僕をうやまってくれる。待っていたとイーデンに思われるのはしゃくだ。彼女とよりを戻すにしても、そのときは僕のルールで、僕が主導権を握る。暴走しつつある本能にそれを言い含めなければ。

「イーデン、来てたんだね。すごくきれいだよ」

「ありがとう」歩み寄るネビルに、イーデンはほほ笑んだ。彼の瞳に浮かぶ手放しの称賛が心もとない自信を支えてくれる。ラフェとつきあっていたころに行ったたくさんのパーティを思い出すので、祝勝会に来るのは気が進まなかった。だが、クリフに懇願されてむげに断ることができなかった。

〝僕は行けないんだ。ジェニーはいつ産気づいてもおかしくない。グランプリのあとの様子を加えれば、記事のまとまりがよくなる。サンティーニのインタビューが取れれば、さらにいい〟

〝何も約束はできませんからね〟イーデンは、すでにサンティーニと単独会見をしたことを思い起こした。もちろん公表できるものではないけれど。

会場にはセクシーなモデルたちがあふれ、自分がひどく厚着しているような気分にさせられた。ラフェは見当たらなかったが捜すつもりもなかった。恋に夢中な子犬のようにふるまうのは、もううんざり。

「来るとわかっていたら、迎えに行ったのに」イーデンをバーカウンターに誘い、ネビルは言った。

「急だったのよ。ジェニーの陣痛でクリフが動きがとれなくて。でも車でなく、タクシーで来たの」

「酒を飲むならそのほうがいい。僕は車で来たんだけどね。帰りは送ってあげよう」

ネブはいい人だわ。イーデンはよく冷えたシャルドネ・ワインを口に含みながら思った。気さくで、表裏のない性格。それに、男性との真剣な交際を考えるなら、私が相手に求める二つの性格を兼ね備えている。気まぐれな、情熱的でセクシーなイタリア人男性はもうこりごりだ。最高の絶頂感を与えてくれる男なんかいらない。やがて訪れた避けようのない転落はあまりにもつらく、立ち直るのに四年もかかったもの。イーデンはネビルに笑みを向けた。

「豪勢だな」会場の端に並べられた豪華なビュッフェに目をやり、ネビルが感心した。「まあ、サンティーニにとってはなんでもないことだろうがね。きみは彼と知り合いだったんじゃなかった？」ネビルの興味ありげな質問に、イーデンはなんでもないというふうに肩をすくめた。

「何年か前にちょっとね」

「弟のジャンニとは？　彼の死のニュースはずいぶん痛ましかったね。事故のあと歩けなくなったことを悲観し、自ら命を絶ったというじゃないか。ラフェはさぞ衝撃を受けたんだろうな。事故は彼のせいだと言われていたし」

イーデンはうなじの産毛が逆立つのを覚え、ラフェが近くにいるのを確信した。全身で彼の存在を感じ、途方に暮れて目を閉じる。彼を忘れるのにずいぶん時間がかかったのに。一度会っただけで、あの努力をむだにしたくないのに。

「ゴシップ紙の記事を鵜呑《うの》みにしないほうがいいわ」イーデンはそっけなく言った。「ラフェがジャンニの事故と無関係なことは、はっきりしているのよ」

「だけどあの二人は相当張り合っていただろう？」ネビルは引かなかった。「事故が起こったころはろくに口もきかない仲だったというじゃないか」

「二人は兄弟というだけでなく、いい友人だったわ」イーデンはきっぱりと言った。「私が知るかぎり」サンティーニ家の兄弟のあいだには、強烈なライバル意識とともに変わることのない深い愛が存在していた。だからこそ、ラフェは彼女でなくジャンニの言葉を信じたのだ。もう過ぎたことだわ。イーデンは、怒り狂うラフェの顔と、兄弟二人をもてあそんだ低俗な娼婦《しょうふ》と罵倒《ばとう》されたときのことを思い出すまいとした。あのときほとんど弁明もしなかった。ジャンニの嘘《うそ》に衝撃を受け、まともに考えることができなかったのだ。その後イタリアを出る飛行機の機内で、イーデンは結論づけた。ラフェには彼女を最低の人間だと思いたい彼なりの理由があったのだろう、と。もともと彼女を捨てる口実を探していたのだ、と。

「何か食べるものは?」ビュッフェのテーブルを前にネビルが尋ねたが、山盛りになったごちそうを見るなりイーデンは胃がむかむかした。

「ひとりでどうぞ。なんだか暑くてたまらないから、しばらくテラスにいるわ」振り返ったイーデンは一瞬心臓が止まりそうになった。少し離れた場所に立つグループの中心にラフェがいた。ひときわ長身だが、彼を目立たせているのは単に身長と肩幅の広さだけではない。堂々とした態度、パワフルで、他を圧倒する貫禄《かんろく》がある。彼はレース場でのテクニックだけで世界一のヒーローの座に上りつめたわけではない。男女の別なく人を惹《ひ》きつけてやまないカリスマ性があった。もっとも、今、まわりを取りまいているのは女性ばかりだけれど。熱狂的なファン《グルーピー》たちにちやほやされるのを、ラフェは神から与えられた当然の権利と見なしている。

次の瞬間、ラフェがこちらに目を向けた。私が見つめていたことに気づいていたらしい。彼のあざけるような表情でそう悟り、イーデンは頬を赤らめた。ラフェがおどけたように頭をかしげて挨拶《あいさつ》するのを見て、イーデンはつばをのんであわてて視線を落とし、テラスへ向かった。

冷たい夜気が肌を冷やし、すいかずらと薔薇《ばら》が入りまじった香りに気持ちが落ち着きかけたとき、聞き覚えのある声がイーデンの心の静寂を破った。

「ひとりぼっちなのかい、イーデン？　きみの忠実なペットのわんちゃんはどこだい？」

この人ほどセクシーで奔放な魅力が似合う人もいない。イーデンは高鳴る胸の鼓動を抑えようとした。黒いシルクのシャツが肩幅の広さを際立たせ、ボタンを二つはずした胸元にゴールドのネックレスがのぞいている。どこから見てもプレイボーイの名に恥じない。

イーデンは、自分が眉をひそめているのは彼への嫌悪からで、彼とベッドをともにする女性たちに嫉《しっ》妬《と》しているのではないと言い聞かせた。財産と強力なセックスアピール、おまけに華麗で端整な顔立ち。そんなラフェが、この四年間禁欲生活を送っていたとは思えない。私にとって彼は初めての、そしてただひとりの男性だが、彼にとって私はベッドの相手のひとりにすぎない。それなのになぜ、私は彼の恋人だという思いが頭から離れず、長いあいだ待ち焦がれていたように体が反応してしまうの？

「ネブのことなら、彼はなかにいるけど、私のペットだなんてとんでもないわ。そんなによく知っているわけでもないし。ただのお友だちよ」

「それにモンクトン館《やかた》の当主だ。本当に領主館《マナーハウス》の奥方の座をねらっているんじゃないのかな？」

「その当てこすりは前にも聞いたわ。でも、それがあなたとどう関係があるというの」

イーデンはぴしゃりと言って、ラフェがひどく近くに立っていることに気づき、一歩うしろに下がった。ラフェの動きはしなやかで、音もたてずに襲いかかる豹《ひょう》のように危険だった。ラフェを見たのは失敗だったわ。息がつまる。彼が自分の運命の人《ソウルメイト》であるという思いが今朝よりずっと強くなっている。

いいえ、この人が運命の人であるはずがない。心が悲鳴をあげた。昔、ベッドのパートナーだった人。それだけのこと。でも、月明かりに照らされたラフェの瞳が私を呼び、彼のもとへ引き戻そうとしているように思える。

「それなら教えてくれ、いとしい人《カーラ》」ラフェのハスキーな声にイーデンの肌を小さな震えが走った。「金持ちの夫をつかまえるために戻ったのでなければ、ここで何を？　きみはアフリカでの功績でジャーナリストとしての名声を勝ち取った。なぜこんな地方の三流紙の仕事に甘んじている？」

「少し休みたかったの」イーデンは瞳を陰らせ、素直に答えた。「この三年間は……きつかったわ」地雷の爆発で左脚を失いかけるほど。だが、ラフェにその話はしたくない。無残に捨てられてイギリスに戻った私は仕事に没頭することを決意し、幸運にも全国紙の記者の仕事を得た。まだ若かったし、気ままなロンドンの独り暮らしは楽しいはずだった。だが、ラフェのことがたまらなく恋しかった。その思いは日に日につのり、タブロイド紙をにぎわす彼の恋の噂《うわさ》もつらく、ラフェを忘れるために両親を訪ねてアフリカへ行くのも悪くないように思えたのだ。それが自分の人生を変えることになるとは、知るよしもなかった。

そこで目にした貧困は悲惨なものだった。さらに軍事クーデターの勃発《ぼっぱつ》によって一帯は激しい戦闘地帯と化し、生き延びることを考えるのが精いっぱいだった。その後、表面的な多少の平穏らしきものが戻っても彼女はアフリカにとどまった。現地の温和な人々の窮状に突き動かされ、崩壊した生活を再建する手助けをしたいと願った。今でも彼らのことを思うと胸が痛む。だが、ラフェに金の亡者と思われていると知ったことのほうがよりつらかった。

イーデンは心も体も彼から距離を取ろうと、あとずさった。ラフェは内心で悪態をつき、こみあげる荒々しい感情を抑えた。「きみの新聞記事を読んだし、きみの作ったドキュメンタリーも見た」ラフェは彼女の身を案じて感じた恐怖と無力感を思い出しながらかすれた声で言った。「毎日命の危険にさらされるような場所になぜ行った？」とげとげしい声がイーデンの神経をいらだたせたが、彼の瞳に浮かぶ怒りは彼自身に向けられているように思えた。

「僕がついていれば絶対に行かせなかった」

イーデンは冷たい笑い声をあげた。「あなたが私を捨てたのよ、ラフェ」

「正当な理由があったからだ。きみが弟と関係を持ったという！」また怒りが沸点に達したのが、こわばった顎の線、燃える瞳に見てとれる。「一年後に、きみが西アフリカから決死の脱出に成功したというニュースを見たときはわが目を疑ったよ。いったい何をするつもりだったんだ、罪の償いか？　二股をかけた売春婦がマザー・テレサになろうとは！」

「なんて人なの」イーデンは背を向けて涙をこらえた。彼のためにさんざん涙を流したけれど、もうおしまいだ。二度と彼に自分を傷つけられはしない。

ラフェは開いた拳《こぶし》をテラスの壁に押しあて、イーデンの肩を揺さぶりたい衝動を抑えた。アフリカから対抗勢力同士の激しい衝突の詳細を伝えるレポートを読んだラフェは、現地の部族民に加えられた残虐行為の記事に恐怖した。だが、何よりもショックだったのは紛争地区に閉じこめられたのがイーデンだということだった。

彼女は一時人質に取られながらも命がけでレポートを書き、外の世界に現地の危機的状況を警告した。ラフェが真っ先に考えたのはイーデンの救出だった。だが、自分には彼女の人生に干渉する権利はないと思った。ジャンニの腕のなかにいるのを見るやいなや、イギリス行きの飛行機に乗せて追い払ったときに、イーデンとの縁は切れていた。彼女の消息に関するニュースを求めてテレビのチャンネルをまわす自分が腹立たしかった。

イーデンが振り返った。きらきらと輝く瞳に胸が締めつけられる。見せかけの如才なさの下に隠された傷つきやすい心を思い、彼女を抱き寄せたい衝動と闘った。

「こんな侮辱を聞いているいわれはないわ。あなたは人の話を聞く気なんてないんでしょう？　つねに自分が正しいと信じて疑わない。でもね、あなたがどう思おうと、もうどうでもいいの。私は何も恥じることはない。私は真実を知っているし、それはジャンニも同じよ」イーデンは言葉を切り、ラフェの怒りが爆発するのを待った。昔のように彼の口から辛辣《しんらつ》な言葉を浴びせられるのを。そして、何も言わない彼の暗く陰った瞳を見て胸がいたくなった。ラフェは傷ついている。彼は弟を心から愛していた。弟の悲劇的な死に、まだ心が張り裂けそうなのだろう。

「今は話を聞くつもりがあるとしたら？」しわがれた彼の声にイーデンは一瞬心臓が止まった。「ジャンニと話をするには遅すぎたが、きみとは……」

「もう遅いわ」内心くじけそうになりながら、イーデンは心を鬼にして応じた。「四年遅かった。あなたが遅まきの罪悪感に襲われているなら、苦しむしかないわね。苦しめばいいのよ」私も苦しんだように。だけどもうおしまいだ。私がまだ昔と同じ哀れなお人好《ひとよ》しだと思っているなら驚くがいいわ。長い時間かけてようやく取り戻した自尊心を二度となくしたりしない――どんなに心が彼を求めていても。

ラフェの体がこわばった。身じろぎもせず、伏せた目は何を考えているか計りがたかった。だが、ふいに体の力を抜いて肩をすくめた。まるでどうでもいいさ、と言わんばかりに。実際、どうでもいいのだろう。イーデンは悲しい気持ちでさとった。

「かわいい子猫がいっぱしの牝《めす》猫に成長したようだな。鋭い爪を持った」かすかな驚きがにじんでいた。

「そんな口答えをする娘《こ》ではなかったはずだが」

「そして、あなたはそんな私の自信のなさにつけいったのよね」イーデンは吐き捨てるように言い返した。「私があなたを崇拝しているのを百も承知だった。偉大なラファエル・サンティーニが私なんかと、イギリスの片田舎のつまらない女の子とつきあいだなんて、とても信じられなかったわ。あなたを喜ばせようと必死になっている私を見るのはさぞ気持ちよかったことでしょうね」

「きみが僕を必死に求めるのがうれしかったのさ」

茶化すように言って、ラフェが彼女の頰骨の上に指を走らせると、イーデンの体がびくんと反応した。

彼の指先が首筋をなぞる。

なんてハンサムなのかしら。長身と広い肩幅に圧倒される感覚は忘れていたが、官能的な唇の感触は消えず、イーデンを身震いさせた。彼のコロンの香りに体が熱くなる。イーデンはあわてて彼の手から逃れた。

「たしかにセックスはよかったわ。評判どおり。でも私たちの関係はそれだけだった」

ラフェは鋭く細めた目に危険な光を宿しながら、ゆっくりと言った。「けちをつける前に聞くんだ。もう一度試せばいいじゃないか？」

本気じゃないわよね、まさか？　最悪なのは、自分がその言葉に心引かれていることだった。あんな目に遭わされたというのに。正気の沙汰《さた》じゃないわ。

イーデンはなんとかそばを離れようとした。彼の腕に飛びこむようなばかなまねをする前に。「一生ないわね」イーデンがにべもなく言い返すと、ラフェは余裕を見せてほほ笑んだ。

その言葉を撤回させたらさぞいい気分だろう。顎をつかんで震える柔らかな唇を奪えば、イーデンはまず抵抗しない。それは彼女にもわかっているはずだ。だが、イーデンの瞳によぎる絶望に、ラフェは思いとどまった。二人が昔と同じ激しさで互いの体に惹かれ合っていると思い知らせるのを。

ラフェはイーデンが忘れられなかった。それは認めざるをえない。憎悪に近いほど嫌悪し、嘘つきのずるがしこい悪女だと自分に言い聞かせても、毎朝明け方に目が覚めて彼女を求めて、もう傍らにいないことに気づくたびに心が痛んだ。

「興味ないわ」宴会場に入りかけてイーデンは尋ねた。「ウェルワースで何をしているの？　ベムブリッジは高級ホテルだけれど、もっとシルバーストーンに近いところにいいホテルがたくさんあるわ」

「きみを捜しに来たとは思わないのかい？」軽い口調で言ったラフェに、イーデンはとげとげしい笑いを浴びせた。

「まさか。最後に会ったときの記憶では、私は裏切り者の売春婦だから。どうしてそんな女を捜しに来るというの？」

「きみが忘れられないのかもしれないじゃないか、僕のいとしい人《カーラ・ミーア》」ラフェは甘い言葉で語りかけた。

イーデンはその言葉がかもし出す偽りの温《ぬく》もりに惑わされないよう、気を引き締めた。

「ベッドをともにする相手が尽きたというほうがまだ真実味があるわね。理由がなんであろうと、興味はないわ。間違いなく明日にはあなたはウェルワースを出ていくのだし、地獄にでも堕《お》ちればいいと思うわ。この四年間私がいたところにね」

宴会場に戻ったイーデンの青ざめた顔を見て、ネビル・モンクトンが顔をしかめた。

「だいじょうぶかい、イーデン？　捜索隊を出そうかと思っていたところだよ」

「ごめんなさい……ひどい頭痛がするの。タクシーを呼ぶわ」

「ばかなことを。僕が送っていくよ。僕も帰ろうと思っていたんだ」

「今日はついていたよ」イーデンの両親の家に向かう小道を運転しながら、ネビルは陽気に言った。「ダウアー・ハウスを知っているよね？　村はずれの。一年前に二つの不動産開発業者が買って全面リフォームしてね。この二カ月ほど僕の賃貸物件リストに載せていたんだが、今日借り手が見つかったという連絡があったんだ」

頭痛はひどくなる一方だったが、イーデンはほほ笑みを浮かべて関心があるふりを装った。「誰が借りるの？　家族で住むのかしら。とても大きい家だもの」

ネビルは首を振った。「何かの共同事業のようだ。出張してくるお偉いさん用にでも使うんだろう。正直言って、向こうが提示した賃貸料を考えればサーカスが越してきたって気にしないね。サンティーニのインタビューはうまくいった？」ネビルは家の前に車を止めた。「二人でずいぶん長いことテラスにいたね。うまく話を引き出せたかい？」

「目新しいことは何もなかったわ」車を降りながらイーデンは静かに答えた。今夜わかった重大な事実をネビルに打ち明けるつもりはない。イーデンはまだ気持ちが乱れていた。もうラフェに未練はないと信じていたのに、それがあやういものだとわかったショックで。再会は衝撃的だった。ラフェは、イーデンが慎重に張り巡らしていたバリケードをいとも簡単に破った。それを再建するのは大変な苦労に違いない。

3

引っ越しのトラックを見送り、イーデンは空っぽの家のなかに戻った。この二日間というもの両親の家財道具の荷造りに追われたが、荷はようやくすべて大型トラックにのせられて、スコットランドに向かった。

あとは自分の荷物をまとめて、ネビルが見つけてくれたフラットに引っ越すだけだ。高齢の祖母の近くに住むためにエジンバラで家探しをする両親に代わり、イーデンが両親の家の売却を手配した。買い手が七月初めの入居を望んだため、自分の引っ越しには数日の猶予しかなかった。

フラットは郊外の新興住宅地コブ・ツリーにある。そこに住むことを望んだわけではないが、オックスフォードシャー州にある風光明媚《めいび》なこの村の物件は賃料が高く、今の収入で住宅ローンを組むのも問題外だ。ロンドンの全国紙で高給の職を探すしかないだろう。きっと、熱血記者としての評判は有利に働くはずだ。しかし、三年間のアフリカ生活でイーデンは心身ともに疲れきっていた。

イーデンはウェルワースが好きだった。生まれ育った村で、牧師館の生活は楽しい思い出ばかりだ。牧歌的な、ややもすると俗世から隔絶していた子ども時代が私を外の世界に対して無防備にしたのかもしれない。ラフェ・サンティーニに対して免疫がなかったのはたしかね。湯を沸かしながらイーデンは気分が落ち込んだ。人生につむじ風のように現れた彼の魅力に私は夢中になってしまった。彼はほかの男性とはまるで違っていた。もっとも私は、大学のときに二度ほど未熟な恋愛をしただけだったけれど。

脊髄《せきずい》損傷専門病院のオープニングの日にラフェが姿を現したときは、心から驚き、歓喜した。たちまち彼の熱心な崇拝者になったが、まさかあとになってそのF1チャンピオンが牧師館にやってきて、私をディナーに誘うとは夢にも思わなかった。

よみがえる記憶のせいで憤慨しながら、イーデンは荷物の箱を漁《あさ》ってティーポットを捜した。ラフェを思い出させるものがないロンドンでの生活こそ自分に必要なのかもしれない。必要でないのは、初めて彼に抱かれたときの生々しい記憶だ。私がバージンだと知ったときの優しい気遣いや、きみは僕だけのものだと言ったときの子どもっぽい満足げな様子。

もう何よ！　どうしてそのまま過去の思い出になってくれないの？　イーデンは紅茶の入ったマグカップを手にキッチンから飛び出した。すると、何か頑丈で温かなものにぶつかった。

「ラフェ！　ここで何してるの？　どうやって入ったの？」驚かされて怒りが増した。頭のなかにいられるだけでも腹が立つのに、なんと本人が数センチのところにいるなんて。

「玄関のドアが開いていた。不用心だよ。誰でも入ってこられる」

「たしかに、その誰でもが入ってきたわけね。切り裂きジャックのほうがまだましだわ。なぜここにいるの？　今ごろは地球の反対側だと思っていたのに」

冷ややかな口調からして、イーデンにとっては彼が別の星にいてもまだ近すぎるくらいなのだろう。ラフェは唇をゆがめた。五年前にはなかった攻撃性が身についたようだ。だが、あのころ彼女はまだ若く、おそろしく恥ずかしがり屋だった。口説き落としてベッドに誘うのにどれだけ我慢したことか。だが、待たされたかいはあった。一瞬ラフェは瞳を閉じて彼女の白い肌と、張りつめた大きな胸のふくらみと、敏感なピンクの先端を思い描いた。ラフェは急にきつくなったジーンズからイーデンの注意をそらそうとあわてて胸の前で腕を組んだ。

「カナダ・グランプリはまだ二週間先だ。もう少しウェルワースにいようかと思ってね」

「どういう風の吹きまわしかしら。ここはモンテカルロじゃないわ。刺激が足りないでしょう」

「きみは自分を過小評価しているよ。ウェルワースにもとても刺激的なものがある」

「もう、いいかげんにして！」口説き文句なんて聞きたくない。なぜラフェはこんなところにいるのだろう。追いかけっこみたいなまねをして、何をたくらんでいるの。動揺して心臓が蒸気機関車みたいになっているのは知られたくない。イーデンはさっさと居間に入り、椅子代わりの幅広の窓台に腰を下ろした。

「なんてこった《ディーオ》！　泥棒にでも入られたのかい？」もぬけのからの室内を見まわし、ソファの陰になっていた破れた壁紙に目をとめた彼の顔は見ものだった。「こんな暮らしじゃ、金持ちの大地主に目をつけるのも無理ないな」

「両親がこの家を売って、私はフラットに引っ越すところなのよ」イーデンは我慢も限界だった。「私はネブにも誰にも興味はないわ。〝一度嚙《か》みつかれたら二度目は用心する〟っていうことわざを聞いたことない？　あなたのおかげで、金輪際男性との交際はこりごり。もう二度と男なんか信用しないわ」それに、泣きたくなるほど無邪気に人を信じて心を捧《ささ》げることもしない。

「信用だって！」ラフェはどなり返した。全身を襲う怒りの波を抑えようとする。「僕の信頼をぶち壊しておいて、よくも信用の講釈などできたものだ」イタリア語のアクセントが強くなる。「きみは僕の心を引き裂いた。僕が与えた信頼も何もかも、きみは僕の顔にたたきつけた」

今や、それは世間の知る上品で魅力的なラフェ・サンティーニではなかった。そこにいるのは、短気で気性の荒いイタリア人そのものだった。イーデンは彼の気性の激しさをかつてはひそかにいとおしんでいた。彼の怒りはしばしばその始まりと同じように唐突に消え、ぞくぞくするような情熱にとって代わられた。

「教えてくれ。もし僕がプールサイドで肌もあらわな姿のままほかの女性にキスしているのを見たら、きみはどう思った？　しかもきみがキスしていた相手は僕の弟だ。僕が誰よりも信頼していた人間だ。きみが同じ立場だったらどうする？」

「少なくとも話は聞いたと思うわ」イーデンは力なくつぶやいた。あの出来事を相手の視点から考えたことはなかった。正直に言えば、ラフェがほかの女性といたら、その場を逃げ出し、どこかに隠れて傷ついたプライドを癒《いや》したことだろう。だが、イーデンはつねに最悪の事態を覚悟していた。いつか彼は平凡な自分に飽きて、ほかの女性に乗り換えるだろうと。相手がジャンニでも誰でも、疑われるようなふるまいをしたことはなかった。それほどラフェに夢中だった。夢見るような瞳で見つめていたことも、今は忘れてしまいたい恥ずかしい記憶だ。

「話なら聞いたさ」ラフェは自分にも信じこませるように言った。正直に言うと、ビキニ姿のイーデンが弟の腕のなかにいるのを見たとたん、胸が悪くなって自分の心が粉々に砕ける音以外は耳に入らなかったのだ。「君が何も言わないからジャンニの話を聞いた。きみがどんなふうにあいつをたぶらかしたかを」

「そして、あなたは彼のほうを信じた」イーデンは静かに言った。

「実の弟だぞ」ラフェは声を荒らげた。何もない部屋も、彼が歩きまわると息苦しいほど狭く感じた。

「どうしてあいつが嘘《うそ》をつく必要がある?」

「わからないわ」今となっては誰にもわからない。ジャンニは死に、兄とイーデンの仲を壊そうとした理由をあの世に持っていってしまった。イーデンは何もかもジャンニのせいにする気にはならなかった。ラフェとの関係は終わる運命だったのだ。彼は別れる口実を探していたに違いない。あるいは、あのイタリア貴族の娘と結婚したあとも、イーデンを愛人としてそばに置くつもりだったのかもしれない。

「もう何もかもどうでもいいことよ」なぜラフェは自分が傷ついているかのような言い方をするのだろう。裏切られたのは私なのに。彼に粉々にされた心をいまだに必死につなぎ合わせているというのに。「あなたがここにいる理由がわからないわ」

ラフェは深く息を吸い、髪をかき上げた。どうやら計画どおりにはいきそうにない。「きみを許してやろうと思って来たんだ」旗色の悪さにつのる不安を隠すように、尊大な態度で言う。

まるでもったいをつけて演説する政治家みたいね。イタリア語のアクセントのせいもあるが、高飛車な口調に変わりはない。イーデンは急速に冷めつつある紅茶のマグカップを置いた。こぼすか、彼の頭にかける前に。ラフェは期待に満ちた目で答えを待っている。いったい何を期待しているのかしら。おおかた卑屈に感謝して足元にひざまずくとでも思っているのだろう。残忍で冷たい怒りがわいてきた。

「それはご親切に」イーデンは冷ややかに口を開いた。「せっかくだけど、結構よ」

「結構とは、なんだ?」涙でにじんでいなければ、怒りと困惑が入りまじったラフェの表情は滑稽《こっけい》に見えたことだろう。「かつての僕たちの関係は、多少の我慢に値するものだ。ジャンニとのことは見逃して、もう一度チャンスをやってもいい」

「あら、気づくのが四年遅かったわね！」

温厚な両親から怒りは何も解決しないと教えられ、イーデンは何年も自分の感情を抑制してきた。ラフェには口答えすらできなかった。でも、もうあのころの自分とは違う。アフリカで現地の人々が貧困と残虐行為に苦しめられるのを目の当たりにし、彼らの福祉を叫ぶなかで彼女の内なる怒りの源泉が解き放たれた。イーデンはもはや自分の感情を表すことを恐れなかった。今、その矛先はラフェに向けられていた。

「許していただかなくても結構よ。私は何も悪いことをしていないもの。謝罪めいたものを期待しているならいつまでも待っているといいわ。謝る必要があるのはあなただけよ」イーデンは勢いよく立ち上がり、燃える瞳で相手を見すえた。「もう出ていってもらえるかしら。ミッツィーだかミスティだか知らないけれど、あなたの最新の〝広報責任者〟のところへ戻って、私をほうっておいてちょうだい！」

ラフェは呆然《ぼうぜん》としているように見えた。イーデンが声を荒らげたり、金切り声をあげるところをいままでかつて見たことがなかったのだ。しかし、ややあって眉根を開いた彼はほほ笑みを浮かべてささやいた。「ミーサとはもう別れた。やきもちをやかなくてもいいんだよ、いとしい人《カーラ》」

イーデンは氷のような声で答えた。「あなたの奥さんはきっと胸を撫《な》で下ろすことでしょうね。でも、私にはどうでもいいし、だいたいやきもちなんてやいていないわ。あなたを信用するくらいなら悪魔に魂を売り払ったほうがましよ」

涙がこぼれ落ちる前にラフェから離れなくては。あるいは、もっと恥ずべき行為――彼に体を投げ出すか、彼が言うところのチャンスをほしいと懇願する前に。ラフェの姿はまるで報復の天使のようで、端整な顔立ちは大理石でできた彫像のように引き締まっている。イーデンは彼の官能的な唇の感触を思い出した。彼の巧みな愛の営みをもう一度味わうチャンスをどうして拒めるだろう？　彼こそ私の運命の人なのだ。この四年間さいなまれた暗く空虚な思いがその証《あかし》だ。でも、彼は私を愛していない。一度も愛したことはない。私は、どんなに甘美であろうと体の喜びのために自尊心を犠牲にするようなまねは二度としない。

「僕の妻だって？　冗談じゃない《マードレ・ディ・ディーオ》！　妻などいない」ラフェは歯をきしらせ、イーデンの腕をつかんだ。

「それならバレンティーナ・ディ・ドメニチ嬢はどうしたの？　結婚するつもりだったんでしょう。あの人のことは知っているのよ。何年も前にお父様が二人の結婚を決めていたことも、あなたが彼女と結婚したあとも私を愛人にしておくつもりだったことも。あのころも胸が悪くなったけれど、四年たってもまだぞっとするわ」イーデンは強くつかまれた腕を振りほどこうとした。「放してよ、ラフェ。痛いじゃないの」

「きみは何もわかっていない」ラフェは憎々しげに言った。「そのばかげた話はなんだ？　責任転嫁のつもりか？　むだな努力だよ。ディーオ！　きみがジャンニに色目を使うのは見たが、そこまでしてあいつをたらしこむとは夢にも思わなかった」

「ラフェ、腕が……」イーデンが訴えると、ラフェは自分の指が彼女の腕の肉にくいこんでいるのを見て、母国語で悪態をついて手を離した。

「父の言うことを聞くべきだったよ」ラフェは苦々しくつぶやいた。「父はきみに用心しろと言った」

「そうでしょうとも……お父さんは私を嫌っていたもの。私はあなたに不釣り合いだって」

「ばかなことを言うな」ラフェは視線をそらし、イーデンはため息をついた。ラフェと交際しているあいだ、ファブリッツィオは彼女の存在をほとんど無視した。唯一顔を合わせるレース場では誰もがぴりぴりしていて、ファブリッツィオの無礼には気づかなかった。イーデン本人を除いては。その後、ジャンニの事故のあと病院に駆けつけたイーデンに、ファブリッツィオは冷酷に言い渡した。サンティーニ家の誰もおまえを歓迎しないと。おまえはラフェの売春婦で、その役目は果たした。ラフェはもう前に進んでいると。

急に、イーデンはひどい疲れを感じた。ラフェとの関係はずっと昔のことで、ファブリッツィオが言ったとおりラフェは前進している。人生は移ろい、自分の心がなんの変化もないまま過去にとらわれているのは誰のせいでもなく、自分のせいだ。「過去のことを蒸し返しても、なんにもならないわ」イーデンは穏やかに言った。「いいこともあったのだし、そのまま受け入れましょう」

「忘れられないほどよかったことがね」燃えるような彼の視線に反応して、イーデンの全身を熱い激流が走った。

「いつもながらあなたのうぬぼれには感服させられるわ」イーデンは冷たい態度をとるつもりでいたのに、かすれて弱々しい自分の声にうんざりした。

「うぬぼれじゃないさ。本当のことだ。僕はきみのことも、二人で共有したものも忘れたことはない」

甘い言葉にだまされてはだめ。イーデンは彼の言葉に反応して背中を走る震えと闘った。「私たちにあったのは、ただの性的な結びつきよ」イーデンの露骨な言い方に、ラフェは訳知り顔の笑みを浮かべた。「それに、私と別れてからあなたは何百人もの女性と楽しんだんでしょう。あなたの誘いを待ってレース場にたむろしていたグルーピーに気づかなかったと思う？」

「きみほど魅力的な女性はいなかったよ」ラフェの

黒い瞳はおもしろがるように輝いているが、何か別のものもあった。「感服といえば……」

イーデンが彼の言葉に注意を向けているすきに、ラフェはやすやすと彼女を引き寄せて唇を重ねた。それは優しい愛撫《あいぶ》でも、数年の別離のあとのためらいがちな誘いでもなく、イーデンの欲望を激しく刺激し、彼女の抵抗を奪うものだった。

長い旅路の果てにようやく楽園にたどり着いた。イーデンはぼんやりとそう感じた。こんなにも長いあいだ、どうして彼なしでやってこられたのだろう。唇のあいだをまさぐるラフェの舌が彼女の自制心を打ち砕き、彼女が唇を開くと、ラフェは征服の喜びとつのる飢餓感の入りまじったうめき声をあげた。ラフェは片手をイーデンの髪に差し入れて押さえ、もう片方の手を彼女の全身にさまよわせる。イーデンは陶然となって彼の首に腕をからませたが、Tシャツの下にすべりこむ彼の指に気がついて動きを止めた。かつてラフェは、欲望に急《せ》かされてしばしばボタンやファスナーを無視して服をはぎ取った。現実がよみがえり、イーデンは二度と戻らないと誓ったはずのラフェの腕のなかにいる自分に気づいた。

彼女が躊躇《ちゅうちょ》するのを察したように顔を上げたラフェの瞳は、険しく冷たかった。彼は疎ましげにイーデンの手首をつかみ、首から腕をはずした。イーデンは恥ずかしさにいたたまれなくなった。

「きみはいつも簡単に寝る女だった」ラフェのものうげなつぶやきに、イーデンは彼から飛びのいた。自分の弱さに腹が立ち、涙で瞳が曇る。

「出ていって」ラフェの目を見ることができなかった。「警察を呼んであなたをハラスメントで訴える前にね。あなたの許しなど欲しくもなければ必要でもない。自分をまるで神様の賜り物みたいに思っているようだけれど、私にはいらないわ」

「いい知らせと悪い知らせ、どっちを聞きたい？」翌朝、ネビルの不動産会社を尋ねたイーデンに彼が尋ねた。

ラフェが頭のなかを占拠して眠れぬ夜を過ごしたのに、これ以上の厄介事はいらない。イーデンは顔をしかめた。「いちばん悪いニュースを教えて」

「コブ・ツリーの物件は借りられなくなった」

「そんな、もう契約したも同然だったじゃない」イーデンはパニックに陥った。「今週末までに今の家を出なければならないのよ」

「そうだね」ネビルは気の毒そうにつぶやいた。「家主が今朝電話してきて、恐ろしいほど高額での買い手が現れたって言うんだ」

「もう、なんてこと」イーデンは途方に暮れた。「どうしたらいいの？　クリフは何かあったら自分の家に来ればいいと言ってくれたけど、赤ちゃんが生まれたばかりなのに迷惑はかけられないわ」

「だが、実はひょっこりほかの可能性が出てきてね」イーデンはネビルに期待に満ちた目を向けた。

「私でも借りられる物件が出てきたってこと？　ウェルワースにあるの？」

「もちろん。なんたってダウアー・ハウスだからね。間違いなく村いちばんの魅力的な物件だ」

「家賃もいちばんだわ」イーデンは落胆した。「それに、借り手がいるって言ってなかった？」

「その借り手である企業が管理人を欲しがっているんだ。最高経営責任者《CEO》のハンク・モロイによれば、ダウアー・ハウスを彼が勤める国際的企業の役員のための宿泊施設にしたいらしい。ミスター・モロイは夏の終わりにテキサスからお孫さんたちを呼び寄せる予定だし、クリスマスにも滞在することになるだろう。それ以外の期間はほぼ空いている。そこで、住みこみの管理人を希望している」

「でも、私には『ガゼット』の仕事があるわ」イーデンは慎重に答えた。「それに料理は下手だし」

「料理はしなくてもいいと思うよ。ちょっとした洗濯とか清掃業者の監督程度だ。きみの問題も解決するし、僕も助かるんだよ。ミスター・モロイはおそろしくせっかちなアメリカ人でね。きのうのうちに何もかも決めたがって、心当たりがあるとほのめかしたらすぐに契約書をファックスしてきた」

「私はミスター・モロイの会社に雇われることになるの?」イーデンは尋ねた。

「そうだ。でも、契約書に問題はなさそうだ。気になるところがあるとすれば、家を離れるときは三カ月前に通知する義務があることかな」

「それはまったく問題ないわ。急にどこかに行くことなんかないもの」イーデンは皮肉な口調で言った。

「こんないい話には、裏がある気がしてならないんだけど」

「直接話すといいよ」ネビルは電話のボタンを押し、手渡した。「自分で確かめるといい」

ハンク・モロイは特急電車のような速さでしゃべる男だったが、イーデンは喜んで契約にサインする気になった。肩の重荷が取れて、イーデンはネビルににっこりとほほ笑みかけた。「あなたにはなんとお礼を言ったらいいか」

「まずは、きみのお気に入りの不動産屋と食事をしてくれるかな」ネビルが冗談めかして言うと、イーデンは一瞬躊躇した。ネブはいい人だけれど、男性としては関心がない。友だち以上の関係になる可能性があると思わせるのは悪い気がした。でも、ただ食事をするだけじゃないの。ラフェが現れて以来、イーデンはずっと気持ちが張りつめていた。何か彼を頭から追い出してくれるものが必要だわ。

ダウアー・ハウスが登記されたのは十八世紀までさかのぼる。オックスフォードシャーの田舎の数エーカーの土地に立つ六つの寝室を備えた屋敷は、専門業者の手で丁寧にリフォームされていた。イーデンはそのドアをくぐり抜けた瞬間に気に入った。ここの管理人として住みこめるなんて信じられないほどの幸運だ。だが、いまだに何か裏があるのではないかという思いは拭《ぬぐ》いきれず、ハンク・モロイはいつここに来るのだろうと考えた。ネブの言うとおり料理をしなくてすめばいいのだけれど。さもなければ、この新居から確実に追い出されることになる。

蒸し暑い夜だった。一日じゅう雷雨が吹き荒れていたが、寝室の窓を開け放つと空気は熱く、無気味なほどよどんでいた。この数日間、イーデンは両親や自分の引っ越しで目がまわりそうだったが、それでもベッドに入るのが怖かった。じっとしていると考える時間ができ、思いがどうしてもひとりの男性に向けられてしまう。きれぎれの夢は彼女とラファがかつて親密だったころの光景だった。あれは幻だったのよ、イーデンは腹立たしく自分をいましめた。ラファが私の生涯の伴侶《はんりょ》だと感じたのは、はかない幻想だ。それは彼がプールサイドにいる私とジャンニを見つけたときに粉々に砕け散った。

彼なんか忘れなさい。間違いなくラファは私のことなどとっくに頭から消して、地球の反対側であのブロンド美女か彼女の後釜《あとがま》と一緒にいるに違いない。イーデンは胸の奥が締めつけられた。病院で出された痛み止めに手を伸ばす。いつもはこの程度の軽い脚の痛みは無視していたが、今夜は頭を麻痺《まひ》させてぐっすり眠りたかった。

数時間後、まばゆい光が部屋を照らし、イーデンは目を開けた。雷鳴が低いうなりをあげているが、目が覚めるほど大きな音ではない。イーデンは自分の肌が粟立《あわだ》っている理由を考えながら、かすかに聞こえた気がした別の音に耳を澄ました。

侵入者？　それとも気のせい？　そのうちあきら

かに正面玄関のドアが閉まる音が聞こえた。確かめるまでは眠れない。階段を爪先立ちで下り、居間のドアからもれる光に心臓が大きく脈打って、手のひらが汗ばんだ。携帯電話は寝室だ。あとは近くの家まで走って助けを求めるしかない。でも、パジャマ姿だし、外は雨が降っている。そのとき、ふいに居間のドアが開き、イーデンはとっさに手近にある武器になりそうなものをつかんだ。

「妙な時間に花を生けるんだな」聞き覚えのあるハスキーな声がゆっくりと響いた。「いったい何をしているんだい、カーラ？」

「何をしているかですって？」重い花瓶をドレッサーの上に戻すまでのたっぷり三十秒ほどのあいだ、イーデンは口がきけなかった。とんでもない早とちりだわ。だが、ほっとすると今度は猛烈に腹が立ってきた。「もう少しでこの花瓶をあなたの頭に振り下ろすところだったのよ」

いっそ、そのままぶちのめしていればよかったと思っているようだ、とラフェは察した。イーデンの頬は上気し、黄金の髪が肩に乱れかかっている。怒った彼女の顔を見ながら、ラフェは欲望を抱くと同時に優しい気持ちになった。

「どうやらあなたは私の家に無断で入ってくる癖がついているようね」イーデンは噛みついた。「どうやって入ったの？　玄関が開いていたなんて言わないでよ、鍵《かぎ》はかけたんだから」

答える代わりに、ラフェは玄関の鍵を彼女の目の前にぶらさげてみせた。イーデンはわけがわからず、鍵を見つめた。「実は、ここは僕の家なんだ」軽い調子で訂正されて、イーデンは息をのんだ。

「いつからあなたはハンク・モロイになったの？」

「ハンクは〈サンティーニ・コーポレーション〉の子会社のＣＥＯで、この家のリースを手配した人間だ。きみが僕の家の管理人らしいね。よろしく」

卑怯《ひきょう》という言葉では足りない。手段を選ばない策士。何か裏があるとは思っていたが、ラフェの策略だったのだ。目の前のラフェは、男性的な支配欲とパワーの塊だった。黒いジーンズと革のジャケットに長身が引きたち、たまらなくセクシーだ。イーデンは意志の力を振り絞り、その魅力に抵抗した。

「こんな詐欺まがいのことをするにはそれなりの理由があるんでしょうね。あんな契約書にサインさせるなんて」ラフェはにっこりと笑った。

「いくつかね」

「それをお聞かせいただけるかしら？」

「実際にやってみせたほうがわかりやすい」ラフェはすばやく近づくと、イーデンのうなじを押さえて顔を上げさせ、唇をむさぼった。官能的なコロンの香りに酔いしれて、抵抗もできない。抱き寄せられた彼の胸板の下で激しく打ちつける心臓の鼓動を感じた。唇が腫《は》れ、イーデンの全身から力が抜けて彼にしなだれかかる。イーデンは、自分の防御が最初の攻撃で崩れ去ったと認めるまで時間を稼ごうと、彼にしがみついていた。

「なぜ私を追いまわすの？」ラフェが体を離すと、イーデンは自分の体をかき抱いた。「何が目的？」

答えは簡単だが、彼女はまだ聞く耳を持たないだろう、とラフェは思った。小刻みに唇を震わせ、今にも壊れそうなイーデンを見て、一瞬良心の呵責《かしゃく》に襲われる。ひょっとしたら彼女を解放して、昔の親密な関係は、あの喜びは、忘れたほうがいいのかもしれない。だが、どんなに距離を置こうと努力しても、四年たってもまだイーデンはつねに彼の心を悩ませていた。

「追いまわすとは心外だな、僕のいとしい人《カーラ・ミーア》。きみは僕の家にいて、僕のベッドで寝ているんだ。むろん、文字どおりの意味でだが」イーデンが癇癪《かんしゃく》を起こしかけているのを見てとり、ラフェは言い足した。「ここの仕事を見つけたのは偶然だと？」噛みつくように問いつめるイーデンに、ラフェは肩をすくめた。「まさか。入念に計画したんだ。モンクトンが、すぐに管理人を見つけるように言われてきみを指名するかどうかはわからなかったがね。手近なところで、あの年配の受付嬢に話を持ちかけていたかもしれないし。その場合、たしかにここまで歓待はしなかっただろうね」

　イーデンが顔を赤らめるのを見て、ラフェは愉快そうに瞳を輝かせた。彼に平手打ちを食わせたい気持ちと泣き出したい気持ちがイーデンのなかでないまぜになっていた。ラフェによくかつがれたのを忘れていた。彼のユーモアのセンスと、二人がそれでよく笑っていたことを。そんなことは思い出したくもない。

「グロリアは後任として申し分ないわ」イーデンは冷ややかに言葉を返した。「私はあなたとここで暮らすつもりはありませんから」階段を駆け上がり、寝室に入って、ベッドの下からスーツケースを引っぱり出した。服をつめているとラフェが現れたが、イーデンはかまわずスーツケースを閉めようとした。

「雨が降っているのは知ってるよね？」ラフェが軽い口調で問いかけた。

「どうでもいいわ」嵐《あらし》は激しさを増し、雨が窓に打ちつけていた。「あなたと同じ屋根の下にいるくらいなら、ハリケーンのなかにだって出ていくわ」部屋の入口をふさぐラフェをイーデンは押しのけた。ばかなまねをする前にここを出ていかなくては。

「どうして〝私はもう一度やり直したいなんて思っていない〟という言葉が理解できないのかしら？」イーデンの挑発にも彼は腹を立てなかった。

「この部分がわからないよ」ラフェは静かに言って、今度はそっと唇を重ねた。優しく気持ちのこもったキスに、イーデンの頬を涙が伝い落ちた。両手で彼女の顔を包むラフェは、指が濡《ぬ》れたのを感じると一瞬動きを止めたが、そのままキスを深めた。

ラフェがキスをやめると、イーデンはあとずさった。瞳が欲望と混乱でかすんでいた。たった一度のキスでどうしてこんなにも欲望がつのるのだろう。私のプライドはどうしてしまったの？「出ていきたいの」イーデンの懇願に、ラフェはただほほ笑むだけだった。

「出ていくのは僕のほうだ。明日カナダに発《た》つ。グランプリのあとはイタリアに戻り、それからバーレーンに向かう。ここを出ていくときは三カ月前に通知する契約になっていたはずだ。今週末に、僕の会社の重役が、買収した工場の受け渡しでオックスフォードに来る。ブルーノと奥さん、四人の子どもたちはイギリスのカントリー・ハウスに泊まるのを楽しみにしている。特に、住みこみの管理人が何かと世話してくれると聞かされてね」

穏やかな口調の陰に有無を言わせない調子を聞きとり、イーデンはスーツケースの持ち手を握り締めた。「管理人ならネブがほかの人を見つけるわ。あなたに操られるのはごめんよ。昔は言いなりだったかもしれないけど、呪文《じゅもん》は解けたの。もうあなたの崇拝者でもないし、命令に飛びついたりもしない」

「行くところはどこにもないだろう」ラフェが必死に怒りを抑えようとしているのが見てとれた。

「フラットを探すわ。あの物件がだめにならなければ、ここにいることもなかったのに」信じられない考えに思いあたり、イーデンは言葉を切った。「コブ・ツリーのフラットは……まさかあなたが……違うわよね？」二十万ポンドなど、彼にとってははした金だろう。それでも、まさか私に借りさせたにあのフラットを買うなんてことが？

「悪くない投資だったよ」ラフェはのんびりと認めた。「場所はよくないけどね」

「なんて人なの。許せないわ。なぜわざわざこんなことを。お門違いの仕返しのつもり？　無実の罪で私を罰しようとしているの？」

　ラフェはのしかかるようにイーデンのそばに立った。かすかな威嚇を感じた。何事も思いどおりにしてきた彼には邪魔されるのが我慢ならないのだろう。

「二人のあいだにあったものが、取り戻す努力に値すると僕は信じている」ラフェの口調は激しかった。「欲しいものを手に入れるのに手段は選ばない」

「欲しいものって具体的になんなの？」

「きみだよ、きみを僕のベッドに取り戻す。そこがきみのいるべき場所だ」

　イーデンは誘惑に屈したい気持ちに揺れ動いた。だが、やがて迷いが晴れると彼女は首を振った。

「私はあなたの所有物じゃないの。あなたはずっと昔に私を手放した。二度と戻るつもりはないわ」

4

　キッチンから挽《ひ》きたてのコーヒー豆の香ばしい匂《にお》いが漂ってくる。招かれざる客はまだ家のなかにいるようだ。ラフェとひとつ屋根の下にいるあいだは一睡もしないとイーデンは誓っていたが、目覚めると部屋のなかには日の光があふれていた。驚いて腕時計を見るともう十時近かった。

「おはよう《ブオン・ジョルノ》、いとしい人《カーラ》」ラフェはのんびり声をかけ、持っていた新聞を少し下げてイーデンの様子を観察している。その姿に記憶が押し寄せ、イーデンは思わず目をつぶった。コモ湖のほとりに立つラフェの別荘のキッチンで二人きりでとる食事が、何より楽しかった。ありあまる富にもかかわらずラフェは質素を好み、気取らない余暇を好んだ。別荘にはほとんどスタッフを置かなかったため、イーデンはF1レースの喧騒《けんそう》を離れて二人きりで過ごせるのがうれしかった。のんびりと過ごす昼と情熱的な夜という至福の生活は数週間続き、彼女はかけがえのない親密な時間を心から大切にした。

それがなぜ、あんなにも無残に壊れてしまったのだろう？　イーデンは悲しみでいっぱいになった。どうしてラフェはジャンニの嘘《うそ》を鵜呑《うの》みにしたの？　その答えは、残酷だけれど、彼が私を信じていなかったということだ。私は彼の人生とベッドをひとときともにする大勢の女のひとりにすぎない。そして、いざとなると彼の家族への忠誠心や血の絆《きずな》の強さが、私との関係をしのいだということだ。

「出ていくんじゃなかったの」彼の姿を見て胸が高鳴ったのをごまかそうと、イーデンはぶっきらぼうに言った。ラフェはいぶかしげに眉を上げた。

「昔は僕のベッドで過ごして不機嫌だったことはなかったのに。だが、まあ、欲求不満は憂鬱《ゆううつ》の原因とよく言われているからね。気分をよくしてあげようか？」不埒《ふらち》な言葉を聞いてイーデンはきっとなった。

「あなたが二度と戻らないと誓ってそのドアから出ていかないかぎり、気分はよくならないわ」イーデンは湯を沸かし、食器棚に置かれた蛙《かえる》の形をした派手な緑色のティーポットに手を伸ばした。

「きみはまだぬるぬるした気持ちの悪い生き物に心引かれているようだね」ラフェが言うと、イーデンが鋭く見返した。

「それはどうかしら。とっくの昔にあなたには心引かれなくなったし」

ラフェのくぐもった低い笑い声に妙に気持ちが乱れ、にっこりとほほ笑まれると落ち着かなくなった。

「僕はぬるぬるしていないよ、僕のいとしい人《カーラ・ミーア》。さわってみてくれ」いきなりラフェの膝の上に抱えられ、イーデンは甲高い悲鳴をあげた。めちゃくちゃに身をよじったが、それが彼の体の特定の場所に及ぼす影響に気づいて、動きを止めた。

「なんてことをするの」イーデンは憎々しげに吐き捨てた。全身を駆け巡る欲望を抑える武器は怒りしかない。「下ろしてよ。もうわかったから。あなたはぬるぬるしていないし、それに蛙だなんて、とんでもない」腰の下に感じる彼の硬く脈打つ部分からなんとか気持ちをそらそうとする。「蛙はかわいいし、私の大好きな生き物だもの」

「だから僕が世界チャンピオンになったときも、みんなが高価な祝いの品をくれるのに、きみは押すときいきい鳴く緑色のビニールの蛙をくれたわけだ」

イーデンの頬がほんのりと染まるのを見て、ラフェはほっとした。記者会見場で再会したときには洗練されて大人になった彼女に衝撃を受けたが、色あせたジーンズとコットンのTシャツを着て金色のシルクのような髪をもつれさせ、寝起きの顔を紅潮させた彼女は、ラフェの夢に出現する幼く純情なイーデンのままだった。自分で言っているほど彼女は自信があるわけでも、二人のあいだにくすぶる性的な磁力に抵抗力があるわけでもないに違いない。

膝から滑り下りたイーデンの髪からレモンのような香りがした。ラフェは胸に妙な痛みを覚えた。消化不良だろう。新聞に目を落としながら自嘲《じちょう》したが、そこに並ぶ活字はひとつも意味をなさず、ふたたび彼女に目をやると、また胸が締めつけられた。

「ビニールの蛙なんてさぞかしおかしなプレゼントだと思ったでしょうね」イーデンはつぶやいた。「でも、何もかも持っている人にほかに何を買ったらいいか思いつかなかったのよ」

本当に欲しいものは何も持っていなかった。ラフェは思い返した。きいきい鳴く両生類をいつもレーシングスーツのポケットに押しこんでレースに出ていたと言ったら、イーデンはなんと言うだろう。

「あなたはいつ出ていくの？」イーデンは詰問口調で尋ねた。「それに、あなたの会社のCEO一家はいつ来るのかしら？　前もって知らせてもらえると助かるわ。あなたはそうは思わないようだけれど」

「きのうの夜、僕がウェルワースに向かっていることを知らせようときみに何度か電話したんだよ」ラフェは冷ややかに言った。「きみはよほど忙しかったとみえる。それとも、外出していたのか」

詰問する口調にイーデンはむっとした。いちいち私の行動を問いただす権利が彼にあるの？「ネブと食事をしていたのよ」愛想よく答える。「帰りが遅くなってしまって」

「ここで彼をもてなしたのか？　それはいただけないな。もうしないでくれ」

「なんですって！　あなたに私が友だちとつきあうのを禁止する権利があるの？　それに、あなたが勘ぐるようなおもてなしはしていません。コーヒーを一杯出しただけよ。妙な事態になったけれど、ダウアー・ハウスに住む機会をくれたことのお礼をしただけ。あなたがからんでいると知っていたら、こんな話にはのらなかったわ」

「とにかく、お礼もほどほどにすることだな」不快そうに忠告されて、イーデンはかっとなった。

「私は私の思ったことをするまでよ、ほっといてちょうだい」イーデンは髪をうしろにはね上げ、腰に手を当ててラフェをにらんだ。

「僕の家ではやめてくれ。何よりも、自分の人生を大切に思うなら」

こんなに傲慢《ごうまん》で、頭にくる人、見たことないわ。イーデンは癇癪《かんしゃく》を起こした子どものように足をばたばたと踏み鳴らしたい気分だった。「もういい、この仕事は辞めるわ。荷物は今日じゅうに運び出すから、お客様のお世話は誰かほかの人を探して」

「契約書にサインしただろう」

「法的な効力はないでしょう」イーデンは反論した。

「それでも、僕は法的な有効性を訴えるつもりだよ。それよりも、きみの友人のモンクトンがまともにスタッフも雇えないという評判がたったら、商売にはダメージになるだろうな。彼は高級カントリー・ハウスの賃貸を手広く扱っているんだろう？」

「あなたなんて大嫌いよ」言い返す言葉が尽き、イーデンは憎々しげに言い放った。「どうしても自分の思いどおりにしないと気がすまないわけね？」

「僕は自分のほしいものをひたすら追求する」ラフェは言い直した。「そして、必ず成し遂げる。きみにももうわかっただろう」ラフェは新聞をたたみ、ブリーフケースを閉じてイーデンをちらりと見た。彼女の憤りなど痛くもかゆくもないというそぶりで。「ブルーノは火曜日に到着する予定だ。きみに新聞社の仕事があることは知っているから、使用人みたいに走りまわる必要はない。でも、朝はもっと早く起きて、少しは身なりに気を遣ったほうがいい」

イーデンは深呼吸して、我ながらだらしないと思う格好にラフェが視線を這《は》わせるあいだに十まで数えた。スーツケースのなかのものをあわてて順に着ただけだったのだ。ジーンズは色あせ、ペンキの飛び散ったTシャツは洗濯で縮んで体に張りつき、ブラジャーを着けていないのが一目瞭然《いちもくりようぜん》だった。ラフェの視線が彼女の胸に釘《くぎ》づけになる。胸が硬くふくらむのを感じ、イーデンは恥ずかしくなった。

「寒いのかい、カーラ？」ラフェがからかうと、イーデンは真っ赤になってとがった胸の先端を隠そうと腕組みした。ラフェの身だしなみに一分のすきもないので、なおさらいたたまれない。仕立ての美しいグレーのスーツは、シルクのシャツとネクタイ同様に、きっとデザイナーズブランドのものだ。今日のラフェは、レーサーというより国際的大企業の辣《らつ》腕《わん》経営者に見える。もっとも、彼の父の健康が懸念される今となっては、両方の役目を果たさなければならないのだが。

「こうしましょう。私はもっとましな服に着替えるから、あなたは……出ていって」

階段を上る彼女をラフェの笑い声が追いかけた。

「いつのまにそんな一人前の口をきくようになったんだ？」イーデンは寝室のドアを音をたてて閉めた。

イーデンが階下に戻ったときには家のなかは空っぽだった。これでよかったのよ。いいかげん先のことを考えなければならないし、ラフェは私の未来には存在しない。スーツケースを置いたとき、イーデンは寝室の窓が開けっぱなしだったことを思い出した。ここを出ていくにしても、泥棒に入られて責任をとるのは避けたい。そうでなくても、大好きになったダウアー・ハウスが侵入者に荒らされるのは耐えられない。

この由緒ある美しい屋敷に住めるなんて話がうますぎると思ったわ。イーデンは気落ちしながら最後にあたりを見まわした。だが、テラスに通じるフレンチドアの鍵《かぎ》を閉めようとしたとき、何か動くものが視界に入った。ラフェが池のそばに立っていた。腕を組んで、一見いつもどおりの尊大で自信に満ちた姿を、イーデンは目を凝らして注意深く見た。

彼も年を取ったのね。イーデンは胸が痛んだ。四年たったのだし、レースに明け暮れる生活は肉体的にも精神的にも過酷なのだ。ラフェはつねに勝たなければという重圧にさらされていた。父のファブリッツィオは若いころ優秀な技術者だった。裕福な自動車メーカーの娘との結婚のおかげで、高級スポーツカーの開発に手を染められるようになり、やがてイタリアの主要な輸出品の一角を担うまでに至った。すでに有力企業だった〈サンティーニ〉は、ラフェが父親の開発した車で世界チャンピオンになったことで、フェラーリやルノーと並ぶ世界の自動車メーカーのトップの地位にのし上がった。今や〈サンティーニ・コーポレーション〉の誇りと財産はイタリアそのものの誇りと財産でもあり、そしてそれはラフェの双肩にかかっていた。ラフェは国民的英雄になったが、その栄光の代償は大きく、失敗は決して許されなかった。

トップは孤独なものだと、ラフェがもらしたことがあった。イーデンは勝利を祝う会場にあふれんばかりの客を見まわして一笑に付した。あのときは冗談だと思った。誰もがラフェに近づきたがり、誰もがかかわりを持ちたがった。それなのに孤独ですって？　だが、目の前の彼の姿に、イーデンは突然その事実を理解し、理解すると同時に後悔と恥ずかしさが襲ってきた。自分も彼とのかかわりを要求するだけだった点ではほかの人と同じだった。

ふいに、ラフェが顔を上げて彼女の視線をとらえた。じろじろと見ていたところを見つかって気まずく思う代わりに、イーデンは彼の瞳のうつろさに打たれた。ラフェはまつげを伏せ、瞳の表情を隠した。

「なぜ僕がバレンティーナと結婚すると思ったんだ？」ラフェは静かに尋ねた。イーデンはそらした視線をデイジーの咲く花壇に移した。

「ジャンニが教えてくれたの」

「ジャンニだって！」顔を上げたラフェの瞳にショックの色が浮かぶ。「そんなばかな」

「本当よ」イーデンは反論した。「プールサイドにいる私たちをあなたが見つけた夜のことよ。あなたが思っているようなことはなかったの。あのときジャンニは、サンティーニ家とディ・ドメニチ一族とのあいだで何年も前に婚約が取りかわされているのだと説明したわ。あなたはお父様の意向でバレンティーナと結婚することになっているんだ、と」

「僕は父の操り人形じゃない」ラフェは怒りに満ち

た言葉を吐き出した。「今は二十一世紀だぞ。親が結婚相手を決めるなんて何百年も前の話だ」

「彼女との結婚についてお父様と話したこともなかったというの？」

「話題になったことはあった」ラフェは肩をすくめた。「父はそういう望みを持っていたかもしれないが、その可能性はないとわかっていたはずだ」

「でもジャンニはそう言ったわ」イーデンは必死に訴えた。ラフェが彼女の言い分に耳を傾けたのはこれが初めてだった。だが、彼の瞳には蔑《さげす》むような不信感が浮かび、言葉を続けるのは難しかった。

「あなたが私との交際をおおっぴらにし、新聞のスクープや雑誌記事に悦に入っているように見せてたのは作戦だって。別れたとき大ニュースになって、バレンティーナとあちらの家族が喜ぶからと。でも、あなたが、結婚したあとも私を愛人にするつもりだったのなら、私という人間を見損なっていたわね」

ラフェは険しく顎を引き締めたが、不自然なほど穏やかな声で尋ねた。「それをジャンニがきみに言ったと？　死んでしまってもはや何も反論できない弟が？　それはずいぶんと都合のいい話だな」

「どうして私が嘘をつく必要があるの？」イーデンは怒りをあらわに問いただした。「ジャンニはなかなか教えてくれなかったわ。でも、あのころ私たちの仲はぎくしゃくしていた。あなたに冷たくされて、私は飽きられたと思っていた。ジャンニを問いつめてようやくあなたのもくろみを白状させたのよ。あなたが来たのは、彼が私をなぐさめていたときだった。それだけなの。ジャンニは私たちのあいだに秘密の関係があったと言ったみたいだけれど」

「それがきみの言う真実だというわけか？」イーデンの胸に宿ったかすかな希望の光は、ラフェの侮蔑《ぶべつ》に満ちた言葉の前に消えていった。「きみの弁解はその程度かい？」

「事実は」イーデンはことさら冷静に言った。「あなたが都合よく愛人の存在を隠し、貴族の娘と結婚することで自分の社会的地位を引き上げようとした嘘つきの裏切り者だということよ。今さら言ってもむだだけど」イーデンはつぶやいた。「あなたは四年前に私の評価を下したのだし、いまだに自分が間違っていたと認める勇気もないんだもの」

「この目で見たんだ。あの晩だけじゃない。きみはジャンニを気に入り、二人でよく笑っていたじゃないか」

「あなたの身内で親切にしてくれたのはジャンニだけだったわ。お父様は露骨に私を軽蔑していたし、ほかの人もお父様にならって、わたしをまるで伝染病患者みたいに扱った。私にはあなたしか見えなかった」イーデンは悲しげにつぶやいた。今でも。私が愛した男性はあなただけ。正直に言えば、三年間、危険と隣り合わせの生活を送ったのもそのためだ。生きることだけ考えていれば、彼や一緒に過ごした日々を思い出さずにすんだから。

その一方でラフェは、世界じゅうをジェット機で飛びまわり、華やかな場所で華やかな美女たちに囲まれて過ごした。彼が旺盛《おうせい》な欲望を持っているのは誰よりもイーデンが知っていた。そのうえあの美貌《びぼう》とラテン系の魅力があれば、彼が自分を恋しく思う時間があったとはとうてい信じられない。

「毎週のようにあなたと新しい恋人の記事がタブロイド紙を飾るのに、私のことを浮気者だと非難するなんてお門違いにもほどがあるわ」イーデンは苦々しく言い、ラフェがプールをまわってこちらに向かってくるのを見て体をこわばらせた。

「過去四年のあいだに何人か恋人はいた。それは否定しないさ」肩をすくめて言った。イーデンは彼があっさりと認めたことに、胸をナイフでえぐられる思いだった。「きみの言うとおりサーキットにはいつでも自由になりそうな女性たちがあふれているし、僕も修道士のふりをするつもりはない」イーデンのつらそうな瞳を無視して続けた。「だが、つきあっているときにきみを裏切ったことはなかった。ましてや、きみの身内に色目を使ったことなどない」

取り乱す前に彼から離れなくては。すでにまぶたの裏がひりひりしている。イーデンは身をひるがえし、よろけるようにして家のほうに向かった。

「ほかの女たちなどなんの意味もない」ラフェはイーデンの肩をつかんで振り向かせた。「僕は目をつぶって、相手がきみだと思いこもうとしたものだ」

「最低だわ」言いながらイーデンは大きく目を見開いた。頭を下げた彼の唇が自分の唇から数ミリのところに近づいている。

「だが事実だ」ささやくラフェの唇が重なる。

イーデンは抵抗しようと、拳《こぶし》で彼の肩をたたいたが、ラフェはたやすく彼女を引き寄せた。片手をうなじに当て、顔を上に向かせる。彼女が渡そうとしないものをむきになって奪いとろうとするかのように。ラフェの舌がイーデンの唇の輪郭をなぞったが、彼女はしっかりと唇を閉じてラフェの侵入を拒んだ。彼がほかの恋人の存在をあっさりと認めたことに愚弄《ぐろう》されたような気がしていたのだ。

ラフェがほかの女性を抱き寄せて、体を重ねている光景が目に浮かび、イーデンは体をこわばらせた。だが憎らしさと裏腹に、巧みな愛撫《あいぶ》に抵抗するのは難しくなっていった。何年たってもラフェはイーデンの体を熟知していた。イーデンの拳がゆっくりと開き、ラフェの首を這い上がった。唇が強く押しつけられ、抵抗できなくなる。イーデンは唇を開き、かすかなあえぎをもらした。ラフェの手がヒップに下がり、彼女の腿を引き寄せる。たくましい高ぶりに、イーデンは自制がきかなくなっているのは自分だけではないと気づいた。

「四年間毎晩、きみと愛し合うことを思い描いていたよ」ラフェがかすれた声でささやいたが、そのときにはもうイーデンはとても言葉を返せる状態ではなかった。ラフェは鋭く目を細めてイタリア語で何かつぶやき、イーデンを抱き上げた。草の上に横たえられると、ひんやりした感触がイーデンを包む官能のもやを通して感じられた。体を起こそうともがく彼女の上にラフェが覆いかぶさり、地面に押しつけた。頭上に木々の葉が繊細なレースの天蓋《てんがい》を作り、その向こうに雲ひとつない吸いこまれそうな青い空が見えた。甘い草の香りが、ラフェの麝香《じゃこう》系の激しく本能をくすぐるコロンの匂いにまじる。イーデンは、相手が自分が愛を交わしたただひとりの男性であることを思い知らされ、全身の神経がわななないた。防御の壁が崩れたことを知っているかのようにラフェの唇が優しくかつ情熱的に彼女の唇をとらえ、舌が彼女の欲望の炎をあおった。

ラフェの指がイーデンのTシャツをまくり上げて、その下の胸をあらわにする。彼の瞳が暗さを帯びた。

「夢に描いていたよりもはるかにすてきだ」不明瞭《ふめいりょう》な低い声にイーデンは身震いし、彼が顔を近づけると体が燃え上がった。背中を反らして胸を押しつけ、硬くなった頂の上に這う彼の舌にこらえきれずにうめき声をあげる。焦らすように攻めたてられて、イーデンは彼の肩に爪をくいこませた。やがてラフェはうずく頂をすっぽりと口に含んで吸った。鋭い衝撃にイーデンは彼にしがみついた。ラフェが彼女の脚のあいだで官能的に体を揺らした。

ラフェの手がジーンズのファスナーにかかるのに気づいて、ようやくイーデンは現実に戻った。ジーンズを脱げば脚の傷を見られてしまう。私ったら何をしているの？　正気なの？　ラフェは私のことを嘘つきの浮気女だと思っている。最低の人間と思われている相手に、地球の反対側に飛んでいく前に草の上でお手軽に体を与えようとするなんて。

ラフェは動きを止め、必死に彼の手を払いのけようとするイーデンを見た。

「やめて、こんなのいやよ」イーデンの怒りの声に、ラフェは皮肉な笑い声をあげた。転がるように彼女から降り、仰向けになって空を見上げる。

「そのようだね。だが、きみは本当に自分のほしいものがわかっているのかな」ラフェは瞳に冷ややかな怒りを浮かべ、彼女がTシャツの裾《すそ》を下ろして立ち上がるのを見ていた。

「あなたじゃないことはたしかだわ」

「それで逃げ出すのか？　廊下できみのスーツケースにつまずいたよ」イーデンは頰を赤らめた。

「もうあなたはいなくなったと思っていたわ」

「いないあいだに、こそこそ出ていくのか？」

「こそこそなどしていないわ。ここにいられないのはわかっているはずよ」

ラフェは腕で頭を支えて横向きになり、彼女をじっと見つめた。

「いてほしいと頼んだら？」

「そうしなければならない理由があるのかしら？」

「僕たち二人ともが忘れることも否定することもできない関係を取り戻すチャンスだ」イーデンはかぶりを振った。自分の心の声に耳をふさいで。

「その話はもうしたじゃないの。私は自分を信じてくれない男性とかかわり合いになりたくない。私はあなたに嘘をついたことはない」激しい口調に、ラフェは心臓をぎゅっとつかまれたような気がした。

「つまり、ジャンニが、僕が全幅の信頼を寄せる弟が嘘をついたというんだな」ラフェの声にこめられた深い感情がイーデンを苦しめた。「あいつの事故の原因は僕じゃない」ゆっくりと立ち上がりながらラフェは静かに言った。イーデンはなんとかなぐさめようと彼の腕に手をかけた。ラフェは心底打ちのめされているとしか言いようのない表情を浮かべている。イーデンは彼の心の内を思って胸がふさがれ、離れていた孤独な年月も恨みも急にどうでもよく思えてきた。

「わかっているわ」イーデンは声をかけたが、物思いに沈むラフェの耳には届いていないようだった。

「僕は弟を愛していた。ライバル意識といっても、みんなが思うほど深刻だったわけじゃない。僕はそう思っていた。ハンガリー・グランプリで、いつの間にかそれが過熱しすぎていたことに初めて気づいた。ジャンニは僕に勝とうと必死だった。追い越させてやることはできたんだ。そうすべきだったよ。あいつは無茶をしてカーブに突っこんできた。あいつの車がスピンしてコースからはずれる光景が頭から離れないんだ」ラフェはのろのろと家のなかに入っていった。イーデンは急いであとを追った。「あの夜、集中治療室でたくさんの機械につながれているあいつを見ながら、僕は、僕たちを引き裂いたいさかいを終わらせることを誓ったんだ」

「何を争っていたというの？」予期した答えの恐ろしさに心臓がどくどくと高鳴る。「私のこと？」ラフェの無言のうなずきが最悪の答えだった。イーデンは涙をこらえた。「あなたが私を憎むのも無理ないわ。ジャンニの事故は私のせいなのね」

「事故は弟自身の責任だ」ラフェはきっぱりと言った。「僕は三年かかってようやくそれに気づいた。あいつは不必要な危険を冒し、その報いを受けた。だが、弟が麻痺《まひ》した体を受け入れようと苦しむのを見ているのはつらかった。僕は何もかも持っているのに弟には何も残されていないことがうしろめたかった。きみを失ったことは僕にとって地獄だったが、あいつの苦しみには比べようもないし、結局、僕は弟を救うことができなかった。あいつは自ら人生を終わらせることを選択した」

初めてイーデンはこの数年間のラフェの苦悩が理解できた気がした。ジャンニに抱かれる自分の姿を見たのはショックだっただろう。最初に弟の言葉を信じたのもしかたなかったのかもしれない。心からそう思えた。あのころのイーデンは深く傷ついていて、弁解さえできなかった。そして、ラフェがいくらか冷静になって彼女の話を聞く気になったころに、ジャンニが事故を起こした。ラフェには弟を救うすべがなかった。ジャンニを支えて、信じることしかできなかったのだ。

「もう行かなければ。飛行機を待たせている」ラフェはジャケットに袖《そで》を通した。「きみはどこに行くんだ？　ネビル・モンクトンのところか？」

「違うわ！　私たちはなんでもないのよ。これからどうするかはまだ決めていないわ」何をどう考え、ラフェの話にどう反応すればいいのかわからなかったが、もう時間切れだった。ラフェはすでに玄関に向かっていた。

ラフェはスポーツカーのうしろに鞄《かばん》を投げ入れ、長身を折りたたむようにして運転席に座った。急いでいるわりには出発に手間取っているように見える。ダッシュボードのコントロールパネルをいじる彼を見ながら、イーデンはラフェが妙にエンジンをかけるのをしぶっているような気がしてならなかった。

ようやくエンジンがかかると、その低音が、恐ろしいスピードで次々に車が駆け抜けるコースのわきに立っていた日々を思い出させ、彼女は言い知れない不安に駆られた。

「ラフェ！」彼はすでに敷地を出ようとしていたが、バックミラーに映るイーデンを見たのか、急停止して窓を開けた。

「どうかしたのか、カーラ？」

ラフェはくらくらするほど魅力的だった。精悍《せいかん》な顔、サテンのようなオリーブ色の肌。黒髪が光を受けて輝いている。イーデンの注意は彼の口元に向けられていた。甘い口づけがよみがえる。

「気をつけて」イーデンは彼の顔をのぞきこむようにささやいた。ラフェのにこやかなほほ笑みに息が止まりそうだった。

「きみがここにいると約束するなら、気をつけると約束するよ」答える間を与えず、ラフェが彼女を車に引き寄せて唇をふさいだ。その優しさに涙がこみあげた。ラフェがかすかに唇に力をこめ、彼女の反応を誘う。イーデンは目を閉じて感じるにまかせた。

「それでいいね?」

イーデンは何も言えずに呆然《ぼうぜん》と彼を見つめていた。自分の瞳に浮かぶさまざまな感情、混乱にさえ気づいていなかった。まだまだ道のりは遠そうだ。ラフェはひそかに思った。だが、それは自分で歩むと決めた道だった。

5

「全体的に見て実にすばらしい回復だと言えるよ」傷ついた脚のレントゲン写真を見ながら外科医が言った。「残念ながら金属のピンは一生入ったままだがね。何しろ、それで砕けた骨をつないでいるんだから。だが、回復は順調だし、傷跡も薄れてきた」

イーデンには紫色の傷跡が変わったようには思えなかったが、ドクター・ヒリアーの喜びに水を差す気にはなれなかった。生きていただけで幸運だったのだ。アフリカで出会った地雷の犠牲者たちの多くが手足を失っていることを思えば、傷跡のひとつや二つ、なんでもない。

「ついたての向こうで着替えて。六カ月後の予約を入れておきますよ」そのときドアの外で争う声がして、ドクター・ヒリアーは顔をしかめた。「また患者さんが揉《も》めているのかな」

受付にいた看護師が大声を出した。「勝手に入られては困ります」

「ちょっと、きみいいかげんにしなさい」ついたての陰にいるイーデンの耳に、名医の誉れ高い外科医の声が届いた。「なんと！　ラファエル・サンティーニじゃないか。なんだってここに？」

私もききたいものだわ。イーデンはあわてて服を着た。ついたての外をうかがうと、たしかにラフェがいる。かなり立腹している様子だ。

「イーデン、どこだ？　何をしている？」ついたての陰から出たイーデンは、二週間ぶりに見るラフェの姿に胸がうずいた。

「服を着ていたのよ」イーデンの答えに、ラフェは憤然として巻き添えをくらった医師をねめつけた。

「この男の前で服を脱いだのか？」ラフェの憤りは勢いを増し、燃える瞳で拳《こぶし》を握り締めている。ドクター・ヒリアーがデスクのほうへあとずさった。

「看護師もいたんです。やましいところはありませんよ、決して」外科医はびくびくしながら弁解した。

「ドクター・ヒリアーは私の脚の手術をしたお医者様よ」イーデンは非難がましくラフェをにらんだ。

「こんなところまで乗りこんでくるなんてどういうつもり？　なぜ私がここにいると？」

もう一度外科医をにらみ、ラフェはイーデンを診察室の外へ引きずり出した。「モンクトンが病院の予約があると教えてくれたんだよ。ダウアー・ハウスに着いたらもぬけのからだったからな。ブルーノがミラノに帰ったのは知っていたが、きみは家にいるものと……」ラフェは言い直した。「いてほしいと思っていた」

狭い待合室の人々の視線が二人に集まった。無理もない。ラフェの大きな体は目立った。イーデンはやりきれないようにため息をついた。

「少し声を小さくしてくれない？　あなたは明日の晩戻ってくると思っていたし、いずれにしろこの予約は変更できなかったわ。ずっと前に入れたもの」

「どうしたんだ？」ラフェがイーデンの全身を眺めまわす。興味深げな野次馬には気づいてもいない。

「何が？　どうもしていないわ。あなたが診察室に押しかけてきて恥をかいただけよ。非常識ね」

ラフェは母国語で、おそらく相当下品と思われる言葉を吐いた。「なぜ医者に会う必要があるのかな、脚のどこが悪いんだ？」まるで頭の弱い相手に言うような口調で尋ねる。

イーデンは恋しさで胸がせつなくなった。生きている実感を忘れかけていたのに、ラフェと五分いただけで全身の血が騒ぎ、楽しさといらだちが同じくらいあふれるのだ。「アフリカで脚に怪我《けが》をしたの」

イーデンは答えたが、ラフェはまだ待合室の真んなかに立ちつくし、詳しい説明を待っている。「事故で」彼の眉間《みけん》のしわがいっそう深くなった。

「交通事故か？」

「いいえ」イーデンは少しためらってからつぶやいた。「爆発よ――地雷を踏んだの。もちろん真上に乗ったわけじゃないけれど。だったら、今ごろここにはいないわ。六、七十センチ離れたところに立っていたときに、爆発して……もう少しで片脚を失うところだった」イーデンは淡々と話し終えた。ラフェはまるで彼自身が爆発しそうな様子だったが、振り向いていきなり診察室のドアを開けた。

「さっきの医者が手術をしたと言ったな？　それなら怪我の状態を詳しく説明してもらおう」

「ラフェ、勝手に入っちゃだめよ。忙しい方だし、予約制なのよ」ラフェはドアを閉めた。イーデンは途方に暮れて受付の看護師を見た。「ごめんなさい、あきれた人よね」

「とてもすばらしい方だと思うわ」お高くとまっていた看護師がそう言ってにっこりとすると、急に人間味のある顔になった。「相当強引そうね」

「ええ、信じられないほど」すでにラフェの姿はなく、待合室の注意はイーデンに集まっていた。彼女はあわてて廊下に出て、飲み物を買いに行った。

十分後に戻ってみると、ラフェは受付のデスクにもたれかかっていた。ジーンズと黒の革ジャケットを着た彼はほれぼれするほどゴージャスだった。彼のまわりを看護師が取り囲む。同時に五人を誘惑できるのは彼ぐらいだ。イーデンが近づくと、ラフェは体を起こして近づいてきた。

「もう帰れるかい？」

「私はね。帰れないのはあなたでしょう？」

ラフェの笑顔に見とれるイーデンの顎を押さえ、彼は情熱的なキスをした。たちまち防御が崩れ去る。

不意打ちをくらっただけよ。イーデンは自分に言い訳しながら唇を開き、まぶたを閉じた。

「もう行こうか、いとしい人《カーラ》。僕たちは騒ぎを起こしているようだ」

「僕たちじゃなく、あなたよ。こんなことするなんて信じられない」

「キスしたこと？」ラフェが素知らぬ顔できき返す。

「ドクター・ヒリアーの診察室に乱入したことよ、二度も！　まったく先生にどう思われたかしら」

「ドクターは協力的だったよ。きみの許可があると言ったら、脚のレントゲン写真も見せてくれた」

「許可なんかしていないわ！」イーデンはため息をついた。「ラフェ、どうしてここに来たの？」

「なぜ怪我のことを黙っていた？」ラフェは急に真顔になった。外科医の言葉どおりに回復しているか確かめるように、イーデンの華奢《きゃしゃ》な全身を見まわす。

イーデンは肩をすくめた。気遣う彼の声に、感情を乱されないように祈りながら。脚は予想していたよりもずっと順調に回復している。それに、あの爆発のことを思い出したくないのだ。いまだに悪夢にさいなまれるのだから。

「私がどんな人生を送ろうとあなたには関係ないわ。四年前、あなたがはっきりそう言ったのよ」

ラフェはののしりの言葉を噛《か》み殺した。「死んでいたかもしれないんだぞ。ドクターは、きみは大量に出血して危険な状態だったと言っていた」

「でも、死ななかった。生きているし、もうだいじょうぶ。だから心配してくれなくても結構よ」

だいじょうぶだなんて嘘《うそ》だ。ラフェは厳しい顔になった。レントゲン写真で傷の回復は証明できても、心の傷跡はいまだにつきまとう。それはイーデンの瞳の暗さを見ればわかる。医師から聞いた爆発の状況と怪我の深刻さを考えれば無理もないことだ。傷ついて血まみれの彼女を想像したときにこみあげた吐き気はまだおさまらず、そばにいて助けてやれなかった罪悪感に襲われていた。自分がジャンニでなく彼女を信じていれば、イーデンはアフリカに行くこともなく、恐ろしい怪我をすることもなかったのだ。だが、ジャンニは血をわけた弟だ。なぜあいつが嘘をつく必要がある？　理由がわからない。

「だいじょうぶだと言うならどうして脚を引きずっている？」病院の出口でラフェは問いただした。

「今日はちょっと痛むのよ。午前中、検査でいじくりまわされたんだもの。電車のなかで脚を休ませるわ」ラフェは顔をしかめた。

「ウェルワースまで送っていくよ。まさか僕がきみを駅で降ろすなんて思ってないだろうね？」

「ここで会うなんて思ってもみなかったのよ」駐車禁止スペースに停《と》まるラフェの車が見えた。イーデンは、人通りの多いロンドン市街の通行人がみな二人に好奇の目を向けていることに気づいた。しかたないわ。百九十センチのハンサムな男性は、有名なF1レーサーだと気づかれる以前に充分人目を引く。

「せっかく街に来たのだから買い物でもどうかと思っていたが、やめておこう。脚が痛むようだし」

「脚は平気だけど、買い物はお断りよ」イーデンはきっぱりと言った。「あなたは目立ちすぎるもの。パパラッチに追われながらオックスフォード・ストリートを歩くのは願いさげよ。よりが戻ったと書きたてられるのも。そんなこと絶対ないのに」

自分が拒絶されたことに唖然《あぜん》とするラフェの顔を見て、イーデンは笑いを噛み殺した。四年前にはとても考えられなかったことだ。

「これでどうだ？」ラフェは自信ありげにデザイナーズ・ブランドのサングラスをかけた。

「あら、そうね、本当に誰かわからないわ。まるでマフィアみたい」

「僕といるのが恥ずかしいのか？」

「とんでもない。昔のようにあなたの愛人のひとりとしてタブロイド紙に載りたくないだけよ」

「誰もそんなことは思っていない」むきになって反論するラフェにイーデンは笑った。

「あら、〈サンティーニ・コーポレーション〉の全員が、〝報道係〟はあなたの愛人だと知っていたわ。お父様が、私はお抱え娼婦《しょうふ》だと吹きこんでいたの」

ラフェは駐車禁止のチケットをポケットに押しこんだ。「どうしてそう言える？」

「お父様に面と向かって言われたからよ」一歩も引かないイーデンに、ラフェはいらいらと髪をかき上げた。

「そんなことは信じられない。嘘だ」

「またそれね」イーデンは辟易《へきえき》したようにつぶやいた。「何も変わっていない。私は嘘をついていないわ。ジャンニのことも、お父様のことも。でも、もういいかげん自分を弁護するのはうんざり。お父様は私を軽蔑《けいべつ》している。あなたをイタリアの上流貴族のお嬢様と結婚させたがっているのよ。ひょっとしたら、それでジャンニをけしかけて嘘をつかせたのかもしれないわね、よくわからないけど」

「どうして父がそんなまねをするんだ」ラフェはどなった。イーデンは、ロンドン一の目抜き通りでこれ以上ないほどの醜態が演じられるのを覚悟した。

「私たちを別れさせたかったからじゃないの？」イーデンが言うと、ラフェは頭を反らして苦々しい笑い声をあげた。

「いや、そんなことをする必要はなかったさ。きみはすでにサンティーニ家の男を二人、手玉に取ろうとしていたんだからな。僕たちが別れた原因はきみの浮気が発覚したからだ」

もうこれ以上は耐えられない。でも、絶対に彼の前では泣きたくない。「いいわ、あなたの勝ちよ。どうとでも思えばいいわ。何を言ってもむだだもの。でも私たちが別れた理由はね、あなたが私のことをこれっぽっちも信じていなかったからよ。ちょうど今、私があなたのことを信用できないように」

イーデンは前方で停まったバスに駆け寄り、乗降デッキに飛び乗った。とたんにバスは発車した。

「どちらまで、お嬢さん？」車掌はイーデンが濡《ぬ》れた頬をティッシュでふき終わるのを気長に待っていた。

「キングズクロス駅までよ」

「このバスじゃないな。方向違いだね。これはマーブル・アーチ行きだ」

ラフェから離れられるなら地の果てだってかまわない。イーデンは沈んだ気持ちで料金を払い、窓の外をぼんやりと眺めた。

「それで、どこに行くんだい？　僕と一緒にいるのを人に見られるのはいやなんだよね」

ベンチシートに滑りこむラフェを見て、イーデンは目を丸くした。いったいどうやってこのバスに乗れたのかしら。走って追いかけたに違いない。だが、感心している場合じゃない。

「そうよ」イーデンはあてつけがましく答えた。「だからどこかに行って」

「きみがロンドンをほっつきまわるのをほうっておけると思うか？　動揺しているのに、ひとりで」

「四年も会っていなかったのに、知らないわ。なぜ急に心配しているふりなんかするの？　そもそも、私が動揺しているのはあなたのせいなのに」

「僕たちのあいだには特別な何かが……」言いかけたラフェにイーデンは激しく食ってかかった。

「いいえ、もう何もないわ。あなたが捨ててしまったのよ。私以外なら猫の言うことでも信じたときにね。あなたの言い分なんて聞きたくもない」ラフェが口を開こうとすると、さらに言い足した。「昔の話はしたくないの」

「いいね、これで現在の話に集中できる」冷静に答えるラフェの瞳の強い光に、イーデンは息をのんだ。「最初から始めよう。普通の人たちがするみたいに知り合うんだ。どうも、僕はラフェ・サンティーニ。職業はレーサーだ」

バスの乗客全員が振り向く。イーデンは首を振って笑いをこらえた。

「あなたが普通だなんて絶対無理よ、ラフェ」イーデンがささやくと、大きな手が彼女の手を包んだ。

「きみだってそうだ。普通じゃない」

バスを降りてハイド・パークに向かうあいだも、ラフェはイーデンの手を放さなかった。手を振りほどいて、ほうっておいてと言わなければ。イーデンはそう思ったが、本当は彼と一緒にいたかった。できることなら、ラフェが言うとおり最初からやり直したい。でもお互いに相手への不信感が強すぎる。こじれた感情は生々しく、彼女の無実を証明できる唯一の救世主は真相を墓場まで持っていった。

「ブルーノの家族とはうまくやれたのかい？」サーペンタイン湖のほとりを歩きながらラフェがきいた。夏の空の下、湖は幅広の銀色のリボンのように輝いている。

「最高にね。とてもすてきなご夫婦だったし、お子さんたちも本当にかわいらしくて」

二週間、ダウアー・ハウスは四人の子どもたちの歓声と、愛らしい赤ちゃんの笑い声に満ちていたが、マルティネリ家はすでにイタリアへの帰路についていた。一家がいるあいだはとても楽しかった。イーデンはしみじみとそう思った。気さくなブルーノ一家のおかげでラフェのいないさみしさを埋めることができたので、落ちこんでいるひまもなかった。それでも彼を思って、しばしば胸が痛んだけれど。

イーデンは若い家族の様子をうらやましく思った。ブルーノは妻や子どもたちへの献身を惜しまなかった。もし事情が違っていたら、ラフェと私もこうなっていたのではないかしら？　二十七歳という年齢のせいもあるのか、マルティネリ家の赤ん坊を抱いたとき、自分の子どもがほしくてたまらなくなった。

ラフェが子どもをほしがっていたかどうかはわからない。四年前にその話題に触れたことはなかったし、イーデンは結婚し家族を作るというひそかな夢を口にしたことはなかった。ラフェはレーサーじゃないの——イーデンはいらいらしながらそう自分をいましめた。スピードと興奮が恋人の、世界的なプレイボーイ。身を固めて家庭的な幸福を求める姿など想像できない。本気でやり直すと言っても、それは彼の条件に基づくものだろう。転戦を続けるF1レーサーとしてのライフスタイルに合わせることになるのだ。

彼とよりを戻すなんて、考えるだけでも正気じゃない。あのころは衆人環視の生活がいやでたまらなかった。二人の交際はタブロイド紙やファッション誌に事細かく取り上げられた。スーパーモデルでもセクシー女優でもないイーデンに飽きたらラフェが誰を後釜《あとがま》に据えるか、パパラッチの憶測は尽きなかった。四年前は、自分自身にもラフェの人生で自分の占める地位にも自信がなかった。実の弟と浮気したと見なされている今は、当時よりさらに地位が低くなっていることだろう。深い谷のような不信感に隔てられて、やり直すのは不可能だ。二度と傷つきたくない。前に心を打ち砕かれたときの傷も完全に癒《い》えてはいないのに。

サングラスをかけていても、あるいはかけていてからなおさらラフェの正体は簡単にばれ、何度か興奮したファンに足を止められてサインをせがまれた。

「しかたないんだよ」ブルネット美人のTシャツの背中にサインを書きながらラフェは言い訳した。

「最近、F1レーサーはやたらと注目されている」

「あら、注目されているのはあなた自身でしょう」やきもちなんてばかばかしい。どうでもいいじゃないの。イーデンはいらいらと自分に言い聞かせた。

「お手上げだよ。きみの機嫌がそれじゃ話にならない」ラフェは湖を見渡し、貸しボートの小屋に目をとめた。「あっちへ行こう、湖の真ん中なら誰にも邪魔されない。あひるもいやだと言うなら、どうしようもないが」ラフェは彼女の抵抗を意に介さず、イーデンの手をつかんで引きずっていった。

「ボートなんか乗りたくない。ほかの人にしてよ。湖の上であなたと二人きりになれるなら、片腕を取られてもいいと言う女性がたくさんいるでしょう」

「まったくもう《マードレ・ディ・ディーオ》！　きみにかかったらどんなに慈悲深い聖人も業を煮やすよ」ラフェは彼女を抱え上げてボートに乗せ、すばやく脱いだジャケットを投げてよこした。イーデンはさらに文句を言おうと口を開きかけたが、黒いTシャツがまるで皮膚のように彼のおなかの筋肉に張りついているのを見て言葉を失った。みごとな体は認めざるをえない。ラフェが湖の中央を目指してボートを漕《こ》ぐあいだ、イーデンは彼のたくましい肩と二の腕の筋肉以外のものに視線を向けようと努力した。急に喉が渇いてきた。Tシャツを着ていないラフェの姿が目に浮かぶ。自分の腿にじかに押しつけられた彼の腿のざらざらした感覚がよみがえる。

私がほしいと思ったただひとりの男性。きっと、これから先も変わらない。イーデンは急に自分の人生が果てしのない孤独な道に思えた。でも、ほかに道があるだろうか？　関係を復活させて、行きつくところまで謳歌《おうか》する？　それはすでに経験ずみだ。別れにおびえる暮らしにもう一度耐える気丈さが自分にあるとは思えない。

ロンドンの真ん中にいるとは信じられないほど湖の上は静かだった。通りの喧騒《けんそう》を遠くに聞き、イーデンは頭をうしろに反らし、空を見上げた。

「よかった」ラフェが満足げに言った。「楽にしたほうがいい。ぴりぴりするのは体に悪い」

「あなたのせいでしょう」イーデンがため息をつくと、ラフェはにやりと笑った。

「きみだって僕をぴりぴりさせるけど、僕は文句を言わない。お互いがくつろげるように協力し合ったらどうだろう？」

ラフェの声が濃厚なクリームのようにまつわりつき、イーデンは体から力が抜けて頭がぼんやりしてきた。サングラスをはずしたラフェの顔にイーデンは見入った。黒々した太い眉の下の黒い瞳、力強い鼻筋とセクシーな唇の曲線。かつてあの唇に触れられると天にも昇る心地がした。イーデンは彼から目を離すことができなかった。ラフェはオールを引き上げた。

「して」聞き取りにくい声でラフェが命じる。イーデンはなんのことかわからないふりをした。

「何を？」

「キス。したいと思っているんだろう」

挑発にのってはいけないとプライドが警告していたが、イーデンは欲望がつのり、意志がくじけそうになった。プライドを取り戻す時間は、これから先何年でもある。彼女は一瞬のためらいののち、ボートの床に膝をついた。ラフェの肩に手をかけて顔を引き寄せ、唇でそっと探索を開始する。ラフェはイーデンにすべて任せようとしているようだった。彼女が許可するものだけを受けとろうと。そして、イーデンが唇に力をこめて舌で彼の唇の輪郭をたどると、ラフェはただそれに身をゆだねた。

ラフェは自分を抑えているのが難しくなった。イーデンは美しく、温かく、優しい。すぐにでも床に押し倒し、白昼ロンドンの真ん中で愛を交わしたいという衝動と必死に闘った。焦るな。一歩ずつ進むんだ。互いの過去の傷が深すぎるから、焦って事を進めることはできない。だが、ためらいがちに探るイーデンの舌に自制心が吹き飛んだ。ラフェはうなり声をあげて彼女を抱き寄せた。抑制は情熱に変わり、ラフェはイーデンの甘く柔らかな唇を夢中でむさぼった。

ようやくラフェが彼女を放したとき、イーデンは呆然《ぼうぜん》とした。ブルーの瞳で焦点も定まらぬまま、震える指を唇にやる。なんてばかなの。彼の仕掛けた甘い罠《わな》にまんまと落ちるなんて。ああ、でも、私がいたい場所はその罠のなかだけなのだ。

「パラディアム劇場の新しいミュージカルを見に行かないか？」公園の道を戻りながらラフェがきいた。

「すごく見たいけど、何カ月も先まで売り切れよ」

「今晩のチケットがあるんだ。その前に僕のお勧めのレストランで食事をして」

「劇場に行ける格好じゃないわ」イーデンが言うと、

ラフェは肩をすくめた。

「だったら途中で何か買ってあげるよ」

「いやよ」人気のミュージカルへの誘いを断る勇気はなかったが、受け入れるのはそこまでだった。

「着るものは自分で買うわ。そうでなければ、このまま電車でウェルワースに帰る」イーデンは腕組みして反抗的な顔を向けた。

ラフェは笑いをこらえた。いったいこの怒りっぽさはどこからわいて出たんだ。前はこんなふうじゃなかった。強引な僕が怖かった？　まさか。安易に無視できないことだけに、気にかかった。自分は忍耐強いとは言えないし、わがままでもあるが、すぐに頭に血が上って爆発するにしても、長くは続かなかったはずだ。だが、イーデンの気持ちへの配慮は足りなかったのかもしれない。衆人環視の生活やタブロイド紙が私生活に立ち入るのを彼女がいやがっていたのは気づいていた。僕自身は、パパラッチの関心を引きたいとは思わなくても、二人でいるところを撮られるのは気にならなかった。むしろ、彼女を見せびらかしたくてしようがなかった。この美しい〝イギリスの薔薇《ばら》〟が自分のものであることを世間に知らしめたかった。それに正直に言えば、それは父親に向けたメッセージという意味もあった。

「問題があるわ」買い物袋を手にデパートから出てきたイーデンは眉根を寄せていた。丈の短いドレスばかり選ぶラフェはとっくに車に追い払われていたのだ。脚の状態を知っていたら、きっとあれほど熱心に短いスカートを勧めなかっただろうが。「どこで着替えたらいいのかしら？」イーデンが心配そうに言うと、ラフェはにこやかに応じた。

「ホテルを予約してある。気がきくだろう」

「まったくね。すぐにキャンセルして。あなたと同じ部屋で過ごすなんて冗談じゃないわ」

「本当に信用がないんだな」荷物を積みながら言う

ラフェの声が多少の真剣味を帯びていたので、イーデンはちょっと考えるように彼を見た。

「そうね、信じていないわ」彼女は静かに言った。

「あなたが私を裏切ったのよ、ラフェ。その逆じゃない。もうこの話はしないで。私は一度あなたを無条件で信頼した。二度とそんな浅はかなことはしないわ」

ロンドンの渋滞を進むあいだ、二人は押し黙っていた。イーデンはこめかみをさすり、ため息をついた。頭は痛いし、脚がずきずきする。今はただ家に帰りたい。だが、今、家と呼べるところはラフェの家でもある。どちらにしても逃げ道はなかった。

ホテルはロンドンでも屈指の一流ホテルだった。息をのむ豪華さにイーデンは目を丸くし、通されたスイートルームを見まわした。ラフェはすぐに寝室についたバスルームに入っていき、シャワーの音が聞こえてきた。居間で着替えることもできるが、シャワーを浴びてすっきりしたい。

キングサイズのベッドを見て、イーデンはまわれ右をしかけた。心配よりもときめきを感じていることを自分に認めまいとした。理性があるなら、ホテルを出てタクシーで駅まで行き、ウェルワースに帰るべきだ。だがイーデンは理性的な気分ではなかった。全身の神経が、どうしても否定することのできない期待感にうずいている。

ラフェがバスルームから出てきた。腰に巻いたタオルの下を考えただけで、イーデンの想像はたちまち飛躍した。撫《な》でつけられた髪に、水滴の光る胸。イーデンはみぞおちに奇妙な感覚を覚えた。強烈な欲望に瞳の色がコバルトに変わる。

「何か用かな?」ラフェの落ち着き払った声に、イーデンは顔が熱くなり、均整の取れた体から視線を引きはがした。

「私、その……着替えたいんだけど」イーデンが言うと、ラフェは眉を上げた。

「きみの部屋は居間の反対側だよ。どうしてもと言うなら、喜んでここを共有してもいいが」

「教えてくれたらよかったのに」イーデンはかっとなってなじった。ラフェが意地の悪い笑みを浮かべる。イーデンが自分の勘違いを恥じているだけでなくがっかりしていることに気づいているのだ。

「どうしても僕を悪者にしたいようだが、ひとつだけはっきりさせておく。きみをだましてまでベッドに引きずりこもうとは思っちゃいない。たしかにきみがほしいが」ラフェは軽く肩をすくめて続けた。彼女とベッドをともにするのは好きなお菓子を選ぶくらいの重要度しかないように。「だが、脚をばたつかせて泣きわめく相手を自分のものにするつもりはない。だからもうバージンみたいに憤慨するふりをしなくてもいい。それともうひとつ」イーデンがあきれてものも言えないでいるのを見てつけ加えた。

「そのものほしそうなブルーの瞳でそんなふうに見るのはやめてくれないかな」

「まあ、どんなふうに？」イーデンは感覚のない唇のあいだからようやく言葉を発した。ラフェは人を見下したような笑いを浮かべた。

「ベッドの上で何もかもはぎ取ってほしいって言っているような目さ。体じゅうに唇を這《は》わせて、今でもよく覚えているあのミルクのように白い腿を開かせて、二人が頂点に達するまで貫いてくれとね」

「そんなこととしてほしくないわ」イーデンは歯を食いしばって否定した。ラフェが鋭く目を細める。空気が張りつめ、ラフェの言葉が生々しいイメージを呼び起こした。

「これで僕の言葉が証明されたな」ラフェはゆっくりとささやいた。「きみはやっぱり嘘つきだ」

6

体にぴったりとしたピーチ色のロングドレスはイーデンの細いウエストを際立たせた。長いスカートに脚は隠れているが、豊かな胸元は大胆に露出され、イーデンを落ち着かなくさせた。かなりセクシーなドレスだわ。鏡の前で彼女は衝動買いを悔やんだ。ラフェが称賛する長い脚を隠しても魅力的だと思われたくて、つい手を伸ばしてしまった。

突然、うれしくない過去の光景が頭のなかに広がった。イーデンのおなかに日焼け止めを塗るラフェの手が下がり、腿に伸びていく。僕はきれいな脚に弱いんだ。低音のセクシーな声でラフェが白状すると、イーデンは息もつけぬほど笑い、日焼けした長い両脚を彼の体に巻きつけてからかった。

脚の傷を見たらラフェはどう思うかしら？　イーデンはいらいらと首を振った。二時間前の捨てぜりふからすると、その答えを知ることはないだろう。ラフェが脚の傷を見る機会はない。イーデンは抑えきれない自分の欲望を見透かされていたことに傷ついていた。しかもラフェのほうは、すきあらば彼女を抱きたいというふうでもなく、関心なさそうな態度はイーデンの屈辱感を決定的にした。

それで寝室に閉じこもっていたのだが、いつまでもこうしてはいられない。プライドが、堂々と彼の前に出るよう促している。イーデンはもう一度鏡で姿をチェックし、手首にたっぷり香水をかけてドアを開けた。

不機嫌に窓から通りを眺めていたラフェは、振り返って息をのんだ。優美というしかない。ドレスに包まれたイーデンの体の曲線と、上のほうでゆるくまとめられたブロンドの髪を目にして、ラフェは腿の付け根に痛みを感じた。イーデンは官能的で、なまめかしく、そしてひどく緊張しているようだ。首元の脈が乱れ打っている。それはラフェも同じだった。彼女は僕のものだ。過去のいきさつはどうあれ、必ず取り戻してみせる。それは、思ったほど簡単ではないようだが。

従順なイギリスの薔薇《ばら》にはいつの間にか刺《とげ》が生えていた。あきらめ顔でラフェは笑みを浮かべた。イーデンの心からは拒絶信号が感じられる。だが、幸いにも体からは別の信号が発せられていた。二人はまだ互いの体に強く惹《ひ》かれ合っている。イーデンは自分の欲望を認めたくないだけだ。それは理解できるし、共感もできる。本能に振りまわされるのは不快だ。僕のほうも、欲望を彼女に対する感情のひとつとして受け入れることで、ようやく肩の力を抜いて時が満ちるのを待つ気持ちになったのだ。

「よく似合っているよ」明るく褒めてイーデンの緊張をほぐすつもりだったが、ラフェはつい続けていた。「僕にとってきみは、ずっと世界でいちばん美しい女性だった」

イーデンは息をのみ、ラフェがつねにセクシーなモデルに囲まれている事実を考えないようにした。「ありがとう」静かに答えた。「眼鏡をかけようと思ったことはない？」

ラフェの笑顔は氷山も解かしそうだった。イーデンは吐息をもらした。そっけない態度をとりたくても、黒い瞳で優しく見つめられると、とても無理だ。数時間前の怒りもどこかへ消えてしまった気がする。

「そろそろ車が来て劇場まで送ってくれる。ショーの開演が早いから、食事は終わったあとにしようかと思うんだが、それでいいかな？」

ひと晩じゅうここに立ってあなたを見ていたっていいわ。でも、そんなことは言えない。黒のタキシードがラフェの引き締まった体によく似合っていた。飲み物を頼んだほうがいいかもしれない。ワインを二杯も飲めば、彼への反応も鈍くなるかも。

ドアがノックされ、ルームサービスが届いた。シャンパンのグラスが二つと繊細なクリーム色の薔薇のブーケ。ラフェはブーケをイーデンに渡し、コサージュに仕立てられた花を手に取った。

「ドレスに花をと思ったんだが」惜しげもなくさらけ出されたイーデンのなめらかな肩を見るラフェの瞳が光った。「どこにも着けるところがないようだ」

すぐそばに立つラフェは輝いて、ぞくぞくするほどパワーにあふれている。とても太刀打ちできないわ。イーデンはやっとのことで彼の手から薔薇を取った。「ドレスの前なら」そう言って大きく開いたドレスの胸元にピンを挿そうとした。ラフェは震える彼女の指からコサージュを取り、薔薇が胸の谷間からのぞくように着けた。

「その花がうらやましいね」イーデンは冷静を装うことをあきらめた。私はラフェに夢中で、彼がほしくてたまらない。相手も自分もそれをわかっているのだからどうしようもない。だが、少なくとも劇場で過ごしたそれからの数時間は、警戒心をゆるめて純粋に彼と一緒にいることを楽しむことができた。

世界的に有名な俳優を配した華麗なミュージカルを、イーデンは心から堪能《たんのう》した。そのあとの食事で、ラフェはサーキットに巻き起こるさまざまなおもしろい話をしてくれた。イーデンは、五年前恋に落ちた男性をふたたび見いだしたような気がした。ラフェはウィットに富んで魅力的だった。話が過去に触れないように配慮してくれているのもありがたかった。この瞬間のこと以外、何も考えたくない。過去にあるのは幻滅だけで、未来には予測のつかない不安が立ちはだかる。今、ラフェは私だけを見つめている。それを精いっぱい楽しみたい。

迎えのリムジンを呼ぶころには夜も更けていた。イーデンはホテルに部屋を取ってもらってよかったと思った。ベンツの柔らかな革シートの心地よさにほんの少しと思って目を閉じた彼女は、いつしかラフェの肩に頭をあずけて寝入っていた。誰かの声が耳元で聞こえた。まばたきをするとラフェの顔が目の前にあった。目尻の細かいしわが見えるほど近くにある。これは夢の続きかしら、それとも現実？　夢のなかで、ラフェが彼女の唇にかすかに唇を触れていた。本当に彼がキスしたのだろうか？　イーデンはラフェの唇の味がしないかと唇に舌を走らせた。引きずる脚を隠すようにホテルの階段を上る彼女を見て、ラフェが眉根を寄せた。

「疲れただろう。長い一日だったからね。すぐにでもベッドに入りたいはずだ」

すぐにでもあなたのベッドに入りたいわ。頭のなかで不埒《ふらち》な声がした。すると、突然ラフェに抱きかかえられ、頭のなかが真っ白になった。「下ろしてよ。みんな見ているじゃないの」彼の肩にしがみつきながらイーデンは抗議した。ラフェの胸からくぐもった笑いの振動が伝わった。

「ドアマンと受付係じゃ満場の観衆とは言えないさ。脚が痛むんだろう。階段もろくに上れないじゃないか。僕のせいだ」ラフェの声に後悔がにじむ。「疲れさせてしまったね」

それは違うわ。だが、ラフェが自分を疲れさせることができるほかの行為のことで頭がいっぱいになり、ため息が出た。イーデンは、髭《ひげ》でうっすらと色濃くなった彼の顎に触れたい衝動と闘った。最上階までエレベーターで上がるあいだも彼女を抱きかかえていたラフェは、さらに部屋まで運ぶと言いはった。そして、部屋に入ってようやくソファにそっと彼女を下ろした。

「自分で着替えられるかい？」心配そうなラフェの

声に、イーデンは真っ赤になってうつむいた。

ううん、あなたが脱がせて、ゆっくり時間をかけて。頭のなかに居座りつづける悪魔が答える。イーデンは心のなかで必死にかぶりを振った。

「だいじょうぶよ」イーデンは明るい声で答えた。

「ナイトキャップはどう？」イーデンは、備えつけのバーに向かうラフェの、スポーツ選手のようにしなやかな動きから目を離せなかった。ジャケットを脱いだので、シルクのシャツ越しにくっきりと盛り上がる筋肉が見える。サテンのようになめらかなブロンズの肌を指の先で味わいたい。ラフェが発する強力な磁力と荒々しい男性的なパワーに防御のバリアをずたずたにされ、イーデンは目をつぶって自制心を取り戻そうとした。

このうえお酒なんてもってのほかだ。こんなに体がほてって息苦しいのも、食事のときのシャンパンのせいに違いない。「コーヒーがいいわ。濃いブラックで。頭が冴《さ》えるように」小声で言い添えたイーデンを、ラフェがいぶかしげに見る。

「僕のことなら心配ない。誘われないのに襲いかかったことはないよ」

イーデンが恐れているのはラフェではなかった。欲望をもてあましているのは彼ではない。どちらかが襲いかかるとしたら、それはきっと私のほう。

「もう休んだほうがいいみたい」あわててよろけるイーデンをラフェが抱きとめ、抱え上げる。

「そんなにあわてるな」彼の魔法から逃れようと躍起になっているのがラフェにはわからないのだ。イーデンは必死にもがいた。

「すぐにベッドに入りたいの」強く訴える。

「どうして？」こわばったイーデンの顔を見て勘違いしたラフェは鋭く目を細めた。「今夜楽しく過ごして、僕を怖がる必要がないことはわかっただろう。無理に服をはぎとるようなまねをしないぐらいの自制心はあるとね。そんなにあわてる理由はなんだ?」

「あなたよ」イーデンはむきになって言い返した。昔、ラフェにボタンもファスナーも無視して服をむしりとられたときの記憶が鮮やかによみがえる。イーデンの胸の鼓動は激しく高鳴り、どうしてもラフェの顔から目をそらすことができなかった。

「そうか」まぶたを伏せた彼の目からは何も読みとることはできず、あまりにそっけない口ぶりにイーデンは消え入りたい気分だった。だが、引き寄せられた体に彼の欲望の硬い高まりを感じて息をのんだ。

「どうやら僕たちは同じ病に苦しんでいるようだ」ささやきながらラフェは顔を近づけた。熱い唇が彼女の唇を強くふさぎ、抵抗するすきも与えない。

「僕たちは言葉でないほうがわかり合える」否定しようと開きかけたイーデンの口をラフェの舌が封じた。たちまちイーデンは、ラフェの怒りが欲望にとって代わられ日々に引き戻された。熱い欲望が全身を駆けめぐり、腿の付け根に集中した。頭のなかで、抵抗しなければと叫ぶ声がするが、抱き上げられるとめまいがして、ラフェの首に腕をからませた。とても甘い味がする。イーデンは彼の顎のうっすらした髭に舌を這《は》わせて思った。

「僕たちには言葉などいらない」ラフェはささやきながらソファに腰を下ろし、イーデンを膝の上にのせた。イーデンの首筋から胸の谷間まで少しずつ唇を這わせる。「とてもきれいだよ、僕のいとしい人《カーラ・ミーア》。会いたくてたまらなかった」唇が彼女の唇に戻り、舌でその奥をまさぐる。イーデンの体に震えが走った。胸に冷たい風を感じ、肩ひもを下ろされたことに気づいた。ラフェの手が柔らかな胸のふくらみを包み、彼女はさざなみのように広がる刺激に目を閉じた。ファスナーを下ろされてドレスの上身ごろが腰まで落ちる。硬くなった片方の胸の先端を口に含まれて、イーデンは息をのんだ。

「きみの胸はとても敏感だった」もう片方の先端に移りながらラフェがくぐもった声で言ったが、イーデンは口もきけなかった。もはや自分が何を考えているのかもわからず、うずく胸の頂を彼の舌に責めたてられてうめいた。彼の熱い肌にじかに触れたくてたまらず、夢中でラフェのシャツのボタンに手をかける。

汗がにじむブロンズ色のラフェの肌に、イーデンは貪欲《どんよく》に手を這わせた。指先に彼の心臓の鼓動を感じる。ドレスには傷のないほうの脚のわきに腿のなかばまでスリットが入っていたが、ラフェの手がスカートの下にすべりこむのを感じて、イーデンは凍りついた。彼女の逡巡《しゅんじゅん》を感じとり、ラフェはもう一度彼女の唇に戻った。巧みな愛撫《あいぶ》に、イーデンは何もわからなくなった。ラフェの指が震える腿の内側に置かれたとき、彼女は歓喜の吐息をもらした。

長いあいだ忘れていたわ。イーデンは夢うつつで思った。彼の手がシルクのショーツの下にもぐりこむと、彼女の体に火がついた。アフリカで働いていたあいだは、情熱や欲望のような普通の感情は意識の奥深くに埋もれていた。ラフェの愛撫がいっきにそれを呼び覚ました。もっと深く触れてほしい。イーデンは彼にしがみついた。

「わかっただろう、いとしい人《カーラ》」ラフェがささやく。「これがいちばんわかり合える方法だ。きみは僕が欲しいんだ。体は嘘《うそ》をつかない、ほらね？」ラフェはイーデンの腿のあいだに指をすべりこませながら、背中を反らしてその部分を押しつける彼女を観察した。イーデンは熱く熟し、ラフェを迎え入れる準備ができていた。ラフェはすぐにでも彼女を奪いたかった。イーデンほど刺激的な女性はいない。腿の付け根の痛みをやわらげようとラフェは身じろいだ。

香水の淡い花の香りに誘われて、イーデンの首筋に顔をうずめ、匂《にお》いを吸いこんだ。このまま長いスカートをまくってあの長く形のいい脚をむきだしにしたい。体の中心でひとつになりたい。そう考えただけでラフェはさらに高ぶり、今にも爆発しそうだった。だが、焦りは禁物だ。

イーデンはとても感じやすく、生まれながらに官能的な女性だった。この四年のあいだにほかに恋人がいたに違いないと思うと、ラフェは体がこわばるのを覚えた。イーデンは僕だけのものだ。技巧とテクニックのかぎりを尽くして、彼女が自分から離れられないようにしてやる。イーデンのなかで指を動かしたラフェは、彼女の筋肉が締まるのを感じて本能的な満足を覚えた。息を乱し、イーデンは全身を硬直させて震えた。ラフェはイーデンがこんなに早く上りつめたことに驚いていた。ひょっとすると恋人はそんなに多くなかったのかもしれない。だが、そんなことはもうどうでもいい。これからは僕しかいないのだから。すすり泣くようなイーデンの喜びの声はラフェの欲望を燃え上がらせた。今夜はひと晩じゅうその声をあげさせてみせる。

気がつくとイーデンはラフェの膝から下ろされて、ソファに横たわっていた。ドレスの上半身が腰まで下げられている。このままではあとで後悔するようなことになると警告する頭のなかの声に、イーデンは目をつぶり心を閉ざした。どうしてこれを後悔するの？　相手はラフェなのだ。生涯唯一愛した男性とひとつになるのは、間違っていない気がした。イーデンの体は四年間ラフェを待っていた。もうこれ以上抑えることはできない。今すぐ彼が欲しい。

「きみの長い脚が僕の体に巻きつくのを何度夢見たか、きみは知らないだろう」ささやくラフェの言葉に魔法が解けた。ラフェの手が怪我《けが》をしていないほうの脚の薄いストッキングを引きさげようとする。

イーデンの欲望はたちまちパニックに変わった。彼がその下に期待しているのは、かつて彼が称賛した日に焼けてほっそりした脚だ。傷跡を見たときの彼の顔に嫌悪が浮かぶのを見るのは耐えられない。

「ラフェ、やめて、できないわ」イーデンは彼の手を押しのけて体を起こすと、あわててドレスの肩ひもを直した。

一瞬ラフェは顔をしかめたが、すぐに表情が明るくなった。「そうだな。記念すべき再会の夜をあわただしくソファの上ですませたくはない。柔らかいダブルベッドの上でひと晩じゅうきみを抱きたい。明日、一緒にポルトガルに飛ぶ前にね」

「ポルトガルですって！」イーデンは相手にもうひとつ頭が生えてきたかのような目で、まじまじと見つめた。「ポルトガルなんて行かないわ」

ラフェはすでに寝室のほうへイーデンを導いていた。彼女の動揺に知らぬふりを決めこんでいたが、イーデンに手を振りほどかれてため息をついた。

「急なのはわかっているが、立て続けに二つレースがあるんだ。ポルトガルとモンツァで開催されるイタリア・グランプリだ。二人でいられる時間はある。約束するよ」ラフェの唇の心地よさにイーデンは一瞬目を閉じ、寝室へ行って炎のような情熱に身も心も委《ゆだ》ねることを夢想した。

「ラフェ、私はポルトガルにもどこにも行かないわ。何よりもあなたの寝室にはね」イーデンはなんとか体を離した。ラフェは力なく両手を下ろし、目を伏せた。二人のあいだに緊張が漂う。

「どういうことかな、カーラ？」イーデンは見せかけだけの穏やかな口調にはだまされず、彼の目の険しさに身震いした。「今シーズンの残りのレースに出場するつもりなんだ。きみが僕についてこないでどうやってつきあうというんだ。それとも、僕に機会あるごとにイギリスに帰ってこいとでも？」

「何もしてもらわなくて結構よ。どうしてあなたは、私の人生に平然と舞い戻ったあげく、自分に合わせて生活を変えろと命令できると思っているのかしら？」

「どうやらきみの情熱的な反応を勘違いしていたようだ。やり直す気になったと思ったのだが」ラフェは冷たく言い放った。「一夜かぎりの情事が望みだったとは気づかなかったよ」

「何も望んではいなかったわ。あなたが先に……」イーデンは口をつぐんだ。最初に誘ったのでなくても、自分の欲望を大声で叫んだようなものだ。

「せめて正直に答えてくれないか」ラフェがあざける。「欲求不満を恥ずかしがることはない。かゆいところを掻《か》きたかっただけと言うならそれでいい」

「それでも、もう一度やり直したいと言うの？」イーデンはなじった。「あきれたものだわ。何も変わっていない。あなたはいまだに私が犠牲を払うのが当然と思っている。世界じゅうをついてまわり、ブロンドの売春婦扱いでタブロイド紙の餌食《えじき》になって、お父様にはいいように侮辱されてもいいと思っているのね」

「僕の父は立派な人間だ。きみの悪意で父の名声を傷つけさせはしない」ラフェは黒い瞳に怒りを燃やして激しく非難した。「僕たちには何かが、いい関係があったじゃないか。セックスの相性がいいというだけでない何かが」ラフェは多少冷静な声で言った。「もう一度その関係に戻れるんだよ、カーラ。だが、僕が誰よりも尊敬する人物をきみが中傷しつづけるかぎりそれは無理だ。今の僕があるのは父のおかげなんだ」ラフェの声には感情がこもっていた。

「四年前のことは僕の誤解として受け入れようとしている。嘘をついたのはきみでなく、ジャンニだったと。それはとても難しいことだが」ラフェははっきりと言った。「僕は弟を愛していた。それなのに、結局救うことも生きる希望を持たせてやることもできなかった。実の弟を疑わせてもまだ足りないのか？　父まで巻きこまないでくれ」

「それで、あなたの提案はどんなこと？」イーデンは硬い声で尋ねた。「昔途切れた関係をそのまま再開させようというの？　タブロイド紙に金儲《かねもう》けのねたと見なされる関係を。だいいち、私たちに本当にあったの？　情熱的な体の関係以外のものが」

「それ以上のものがあったはずだ」ラフェは言い張る。イーデンは悲しく首を振った。

「そうかしら？　私は孤独で退屈だった。私の一日のハイライトはあなたがレースから帰ってくるときだった。私は自分自身にも、あなたの人生で自分が占める位置にもまったく自信がなくて、あなたの関心を必死に求めたわ。いつの間にか私は自分が大嫌いな人間に変わりはてていた」イーデンはつぶやいた。「自分というものがなくて、哀れだった。いつほかの人に取り換えられるかと、びくびくしていたわ。あんな人間に戻りたくないの。それに、あなたがどう思おうと、私はあなたがほしくない」

今の言葉を取り消させたらどんなに気分がいいだろう。ラフェは意地悪く思った。それが可能なのは二人ともわかっている。彼が近づいただけで震えるイーデンを抱き上げてベッドに運ぶのはわけもない。彼女の体はほとんど抵抗を示さないだろう。だが、心は別だ。彼女と愛し合うときには二人を隔てるものは何もほしくない。

「それなら、きみを寝室に送り届けたほうがよさそうだ」ラフェは冷たく言った。内心では結果がどうなろうと、彼女のセクシーな唇をむさぼり、柔らかな唇のあいだに舌をねじこみたい衝動と闘っていた。

「ひとりで行けるわ、ありがとう」

「まったく《ディーオ》！　いちいち逆らわないと気がすまないのか？」どこまで僕の忍耐力を試すつもりだ！　し

ぶとい頑固さを揺さぶり落としてやりたい。小声で悪態をつきながら、ラフェはイーデンの肩を抱いて部屋に連れていった。「ドクター・ヒリアーが痛み止めを出していると言っていたな。のむといい」ラフェはぶっきらぼうに言ったが、イーデンの瞳が陰り、目の下に紫のくまができているのを見ていらだちが心配に変わった。ひどく弱々しく見える彼女を真綿のように優しく包んでやりたかったが、押しのけられるのがおちだ。

「薬はいらないわ。疲れただけよ。それとストレスね」イーデンは嫌味をこめて言った。

「これは命令だ。薬はどこだ。ハンドバッグのなかか、バスルームか？」

頑固はどっちかしら。痛みのために吐き気がして気が遠くなる。父親の名誉を汚そうとしているなんてよくも私を非難できるものだわ。その父親は私の名を辱めるのに躍起になり、売春婦呼ばわりまでしたというのに。イーデンはむなしく思い知らされた。結局サンティーニ家の血は濃いということね。よそ者の私は父と息子のあいだにも、兄と弟のあいだにも入りこめはしないし、また入りこみたくもない。

「僕が水を持ってくるから、きみは二分以内にベッドに入るんだ」ラフェはドア口から警告した。「それ以上かかったら、僕がきみの服を脱がす。そうなればどんな事態になるかわからないぞ」

すでに靴を脱いでいたイーデンはばかにしたような高笑いにかっとなり、片方を拾って投げつけたが、ラフェの頭からそれたことに本気でがっかりした。

「いつからそんなに怒りっぽくなったんだ？」おもしろそうに目を輝かせるラフェをにらみつける。

「あなたと一年いれば、どんな聖人だって人殺しになりかねないってことよ。影響力絶大な先生だわ」

「それは光栄だな。もっともきみと僕とでは影響力の分野に違いがありそうだが」

言葉でやり合ってラフェの辛辣《しんらつ》な舌に勝てるはずがない。イーデンは裾《すそ》の長いシャツ型の寝間着に着替えた。彼が戻る前にベッドに入っていなくては。

「それで、これから先はどうなるの？」ラフェの目の前で錠剤を二粒のみ、イーデンは尋ねた。

「僕は自分の寝室に戻り、きみは眠る。きみの安眠を妨害するまねはしないと誓うよ」

だといいけど！　この四日間というもの人の安眠を邪魔しておいて、今晩はそうじゃないというの？

「私たちの関係のことをきいたのよ」イーデンはぎこちなく声をやわらげた。「私は本気で言っているの。私たちに未来はないわ」深い闇《やみ》のようなラフェの瞳から何か読みとれたら。彼の本心を。「私はできるだけ早くダウアー・ハウスから引っ越すわ」

ラフェはご勝手にとでも言わんばかりに無造作に肩をすくめ、イーデンは胸に鋭い痛みが走るのを覚えた。これで本当におしまいね。その気にさせておいて拒絶したのだから、彼の堪忍袋の緒が切れるのも無理はない。彼がまた自分の人生から去ると思うと、涙がこみあげてきた。

「急がなくていい。この夏はもう戻らないし、あの家の賃貸契約は一年だ。明日の朝、運転手にきみをウェルワースに送らせるよ。僕は飛行機の時間が早いからなるべく静かに出ていく」

私の頭はどうかしている。イーデンは毅然《きぜん》と顎を上げるラフェの顔を見つめながら気持ちが沈んだ。全世界の女性の理想であるラフェ・サンティーニにつきあおうと言われて断るなんて！　たいがいの女性はセクシーでハンサムな大富豪の恋人と世界じゅうを飛びまわるチャンスに飛びつくはずだ。でも、かつてそれを経験してイーデンが得た結論は、自分はたいがいの女性とは違うということだった。世間の注目を浴びる派手なライフスタイルにもお金にもまったく興味がない。恋人の関心をつなぎとめ、その目がサーキットに群がる女たちのほうへ向かないようにするために服を買い漁《あさ》るだけの人生を送りたくない。私が欲しいのはラフェ自身だ。私が彼を愛するように彼にも私を愛してもらいたい。だが、ラフェはまったく変わっていない。自分が指を鳴らせば私が嬉々《きき》として従うと思っている。四年前、彼は私を愛してくれなかった。一度だって女性を愛したことがあるかどうかも疑わしい。彼の最大の愛はレースのスピードと興奮に捧《ささ》げられている。そして、スリルに満ちた危険が生身の恋人に勝っているのだ。早く出ていってくれないかしら。さもないと何かばかなことをしそうだわ。身を投げ出して、彼が望むかぎりいつまでも恋人でいることを約束するとか。彼の強烈な魔力に対抗できるのはプライドしかなかった。イーデンは顎を上げ、揺らぐ気持ちを見せまいとした。「これでお別れかしら」イーデンがつぶやくと、ばかにしたような笑みが返ってきた。

「しばらくはね。だがそんなに長いことではないよ、たぶん」強いイタリア語のアクセントを響かせてラフェはベッドに近づいた。「どのくらいかかるかな？　きみがひとり寝のベッドに飽き飽きするまで。きみは僕のもとに戻ってくる。きみのことはよく知っている。自分の体にしみついた情熱に地獄を見て舞い戻ってくるのを楽しみにしているよ、カーラ・ミーア。きみは、もう一度つきあいたいと僕にすがることになる。僕から離れられないんだ」

ラフェはイーデンの怒りに満ちた否定の叫びを唇で封じこめた。彼のキスにイーデンは頭のなかがめちゃくちゃになった。あなたなんか嫌い、傲慢《ごうまん》でうぬぼれが強くて、骨の髄まで大嫌い。だが、ようやく彼女がそれを相手に言えるまで正気を取り戻したとき、ラフェの姿はもうなかった。

7

ダウアー・ハウスの玄関に入るたびに、旧友のもとに戻ったような気持ちになる。引っ越してすぐに魅せられた、蔦《つた》のからまる古びた壁を見上げてイーデンは思った。私の心はいつも粉々にされる運命なのかもしれない。この家にもいられず、ラフェと一緒にもいられない。彼が体のつながり以上のものを求めてくれたら、靴箱みたいに狭い家でもかまわないのに。

ネビルには家を出ると正式に通知し、いい賃貸物件があったら教えてくれるように頼んだ。イーデンの沈んだ顔つきを見て、ネビルは何もきかなかった。

幸いにもウェルワースの夏は忙しく、イーデンは週の残りを牧師館の祝祭や、退役軍人のクリケットの試合や、地元の病院の劣悪な排水設備を取材してやり過ごした。三年間アフリカで飢饉《ききん》や災害の報道に携わったあとでは、狭い地域の日常の取材に熱意をいだくのは難しかったが、キャリアは大切にしなければならない。ラフェとの恋に夢中になって一度は仕事を投げ出したが、二度と犠牲にはしない。

実のところ仕事だけでなく何に対しても熱意が持てず、食欲もなかった。服がゆるくなり、病気ではないかと心配する友人もいた。ただの恋の病よ。四年ぶりの。本当は最初の恋からも立ち直っていなかったのだ。ラフェに再会したことで、すでに傷ついていた心がずたずたになった。

ポルトガル・グランプリのテレビ放映は絶対に見ないと決めて、イーデンはレースのある日曜日をクリフの一家と過ごした。私はとても幸運なのだ。イーデンは自分に言い聞かせた。友だちにも恵まれ、イギリス屈指の美しい村に住んでいる。ラフェがいないほうが楽しくてシンプルな生活だ。しかし夜になると、いつの間にかテレビのチャンネルを、コメディから一日のスポーツのハイライトを紹介する番組に変えていた。

ラフェはポールポジションでスタートした。イーデンはみぞおちに昔と同じ不安を感じながら、彼の車が飛び出すのを見つめた。じっとしていられずにリビングルームとキッチンを行ったり来たりしていると、突然解説者の叫びが耳に飛びこみ、イーデンはオレンジジュースをパックごとほうり出してテレビの前に駆け戻った。

「サンティーニがコースアウトです。ラフェ・サンティーニ、五度の世界チャンピオンがポルトガル・グランプリでクラッシュしました。残念ながら現場の映像を見るかぎりでは、彼が大破した車から出てこられたら奇跡と言うしかないでしょう」

「そんな、お願い、嘘《うそ》よ」

イーデンは弱々しく言った。ラフェはどこ？　大勢のコース整備員に隠れてよく見ることができなかったが、解説者の言うとおり、鉄の塊と化した車から生還するのは不可能に思えた。そのとき、イーデンははっとした。これは今日のハイライトを流す番組だ。実際のレースは何時間も前に行われている。ラフェが死んで何時間もたっているとしたら！

「ラフェ、車から出て」イーデンは祈った。心臓が激しく打ちつける。ふいにコース整備員の人だかりが左右に分かれ、運転席の保護ボックスからラフェが這《は》い出した。コースから抱え出される彼にカメラがズームすると、イーデンはテレビの前にへたりこんだ。ヘルメットの下の目はこちらを見つめているように見える。画面に手を触れながら、イーデンは暗い瞳に引きこまれそうだった。

すぐにラフェの映像は消え、番組はラグビーの試合に変わった。イーデンは画面に何も見ていなかった。何も聞こえない。ショックと恐怖と安堵《あんど》を経験し、消耗して呆然《ぼうぜん》とテレビの前に座っていた。そうしていれば彼に触れることができるかのように、手は画面の上に置かれていた。やがてのろのろと脚を伸ばし、引きつる筋肉の痛みに顔をしかめながら二階に上がった。足は、ラフェが一夜だけ使った主寝室に向かっていた。一週間こらえていた悲しみが怒濤《どとう》のように襲ってくる。胸が痛み、イーデンは目が真っ赤になるまで泣いた。私は彼を愛しているのだ。イーデンは苦い思いを噛《か》みしめた。ラフェの無事を思うと胸がつぶれそうで、今すぐ飛行機に飛び乗り、世界の果てにいようと彼のもとへ行きたい。

ラフェなしで生きてはいけない。でも彼と一緒に生きることもできない。愛人としての生活には戻れない。ラフェがレースを終え、記者会見や祝賀会が終わるのを待つだけの生活。彼が自分に関心を向けるのはほんの数時間だ。私は永遠に自分の手の届かない男性を愛することになるのかもしれない。ラフェは私を愛していないのだから。彼が一度でも誰かを愛したことがあるとも思えない。ひとつの問いがひと晩じゅう頭から離れなかった。その屈辱に耐えられるの？

イタリア・グランプリは北部の都市モンツァで開催されていた。レース開始は数時間先だというのに、レース場に通じる道路はすでに渋滞していた。ラフェの個人アシスタントで聖人なみの忍耐力を持つペトラは、面倒な質問はせずに、レースのチケットを欲しいというイーデンの願いに耳を傾けた。ペトラの代名詞である慎重さは、ラフェの女性関係の揉《も》め事を防ぐという職務上不可欠だった。だが、ペトラはイーデンがサンティーニ・チームにいたころの数少ない味方のひとりだった。翌日ＶＩＰ席のチケットと飛行機の旅程がダウアー・ハウスに届けられた。

ここから先は私しだい。言い知れない不安に胃が引きつる。正気とは思えない。自分からライオンのいる洞窟《どうくつ》に入るなんて。しかも、ラフェに拒絶されるのは目に見えている。だが、彼の事故を見て、彼のいない人生は人生でないという思いをもうごまかせなかった。

イーデンは係員にVIPボックスに案内された。モンツァのレースはイタリア社交界の一大イベントで、イタリア上流階級のなかでも最高位の人々が一堂に会していた。さらに、F1につきもののモデルや華やかな美女たちも加わっている。とても勝ち目はない。イーデンはすぐにでもしっぽを巻いて逃げ出したかった。短いスカートからおそろしく長い脚を出した、日に焼けて長身の女性たちがひときわ目を引いた。ラフェはスカートをはく女性が好みだった。スラックスは女性らしくないと言っていたが、脚の傷を隠すためにイーデンはパンツスーツにするしかなかった。

アイスブルーのスーツは高価だったが、極上の仕立てにはそれだけの価値があった。スラックスは体の曲線になめらかに添い、ジャケットはイーデンの細いウエストを引きたたせている。理知的でエレガントに見せながら、ジャケットの胸元からのぞくレースのキャミソールと、ゆるくまとめたシニョンに本来の女性らしいセクシーな魅力が表れていた。

VIPボックスにいる大胆に肌を露出した女性たちと比べたら、まるで修道女だわ。それでもイーデンは毅然《きぜん》として顔を上げ、サンティーニ・チーム時代の旧知のメカニックに気づいてほほ笑んだ。

アロンソはほとんど英語が話せず、自分を覚えているかもわからなかったが、イーデンが近づくと彼はにっこりして、称賛の瞳を彼女の全身に走らせた。

「ラフェに会いに来たんだけど」アロンソは肩をす

くめたが、一語だけわかる言葉があったようだった。

「ラフェ？　来て。グリッドにいる」

参加車のスタート場所であるグリッドには、ドライバーやコース整備員、有名人が入りまじっていた。ラフェにとって、モンツァは母国の観衆の前で行われる大事なレースだ。イタリアの伝説的人物の勝利を見届けようと何千人ものファンが集まる。期待を裏切ることは決して許されない。周囲の熱狂的な期待の高まりを感じ、イーデンはラフェにかかる重圧の過酷さをいまさらながら痛感した。

ラフェは自分の競技車にもたれていた。たくさんのスポンサー企業のロゴのついた白いレーシングスーツに、白い帽子を目深にかぶっている。ブロンズ色に日焼けして元気そうだった。帽子の下から黒い髪がのぞき、カメラマンたちと笑う彼の瞳は黒曜石のように光を放った。豊満な体に広告主のロゴの入った飾帯《サッシュ》をかけたビキニ姿の華やかな美女の一団がまわりを取りまく。

「オーケー、ラフェ、シンディの腰に手をまわしてくれないか。シンディ、彼にすり寄って、そうそう、胸に手を置いてね。いいね、最高、もう一回」

そのなかに、イーデンが出くわさないようにと願っていた男がいた。ファブリッツィオ・サンティーニの姿に彼女は気が重くなった。シシリア生まれの父親は息子より数センチ身長は低いが、広い肩とたくましい顎は共通していた。貧しい農民の息子だった彼の立身出世物語は、よく知られていた。彼の成功は金持ちの妻との結婚に負うところが大きいということも。十億ポンドの資産を有する今でも、彼は商売敵を震えあがらせる冷徹さを持っていた。望むものは手に入れ、不要と見なしたものは切り捨てる。さしずめイーデンはそのごみの山の頂点にいた。

「おおい、ボス！」アロンソは陽気に呼びかけた。顔を向けたラフェは、イーデンを見て体をこわばらせた。「シニョリーナ・イーデンのお戻りだよ」「へえ、そうか?」ラフェは胸の前で腕を組み、まるで瓶に入った奇妙な生き物を見るような目でイーデンの全身を眺めまわした。まわりの美女はおしゃべりをやめ、ラフェの声のニュアンスを察したカメラマンたちはおもしろい写真を期待してカメラをいじくり始めた。「これは驚きだな」わざと間延びした皮肉な調子だ。「何が望みだ、イーデン?」

のんびり見せていてもラフェはぴりぴりしていた。全身で敵意を発し、冷たく険しい目で彼女の言葉を待っている。

「あなたよ」イーデンははっきりと口にした。真実以外の何を言えばいいかわからなかったのだ。

まわりの視線がいっせいに彼女に注がれる。モデルたちがくすくす笑いながらラフェにすり寄った。かげろうがゆらめくアスファルトの上を、たくさんのレース進行係が蟻《あり》のように駆けずりまわっていた。

プライドを粉々にされることなくこの場を逃れるのは無理だ。イーデンはラフェの顔を見つめ、彼女が自分のもとに舞い戻るとあざ笑った言葉を思い出していた。ラフェの表情には優しさのかけらもない。妥協を許さない彼は、彼女の拒絶にプライドを傷つけられて激怒している。ラフェが手心を加えることはないだろう。だが、自分のプライドはもうすでに断末魔の悲鳴をあげていた。このうえブロンド美女たちの面前で屈辱にまみれたとしても、大差ない。

「私がやり直したいとすがりつくのが楽しみだと言ったわよね」視線をラフェに見すえて、イーデンはしっかりした口調で言った。「このとおり、お願いしに来たわ」

忍び笑いが大きくなった。カメラマンに写真を撮られてもイーデンは意に介さなかった。急にシンディの腕を振りほどいたのはラフェのほうだった。

「写真はたくさんだ。もう終わりにする」ラフェは立ち去りかけて、イーデンの前で止まった。「来るのか、来ないのか?」彼女はあわててあとを追った。ファブリッツィオが去っていく二人をじっと目で追っていることにも気づかなかった。

ラフェのトレーラーは質素だった。億万長者には違いないが、ラフェには少しもいばるところがなく、チームの仲間と一緒にいるのを好んだ。彼は冷蔵庫から水のボトルを取り出してごくりと飲んだ。

「いったい何をたくらんでいるんだ、イーデン?」不機嫌そうに相手を観察しながらラフェはとがめた。「二週間前、絶対に僕とかかわり合いになる気はないと言っていたのに、なぜ気が変わった?」

「あなたに会いたかったのよ」イーデンは正直に答えた。ラフェの事故のあと、長く眠れない夜を過ごすあいだに、彼女はようやく人生は短く先のことはわからないという結論に達した。地雷の爆発のあと生還できたのは運がよかったにすぎない。ラフェがポルトガルで車から脱出できたのも同じことだ。もしいつか二人の運が尽きたらどうなるの? 今は頭ではなく心に従うときではないのかしら?

ラフェは信じられないというように鼻を鳴らし、帽子をむしりとり、トレーラーのなかを歩きまわった。「それは本心か?」傲慢《ごうまん》な口調の陰にわずかな自信のなさを感じとり、イーデンは胸が高鳴った。自負心の強いラフェが確信を持たないものはない。だが、今彼は私の返事を気にかけているように見える。サーキットの美女の欲望を一身に浴びながら、ラフェはまだ私を求めている。

「何もたくらんではいないわ」イーデンは歩み寄った。「私が欲しいのはこれだけよ」イーデンは爪先立って、ラフェの顔を引き寄せた。緊張で震える心を隠し、自分のものだと宣言するように彼の唇を求める。

なんていい匂《にお》い。アフターシェーブ・ローションの官能的な麝香《じゃこう》の香りがイーデンを刺激した。永遠とも思えるほど長いあいだ、ラフェはなんの反応も示さなかった。拳《こぶし》を握りしめ、唇を引き結んでいる。イーデンは不安がつのり、必死に彼の唇をむさぼった。舌を唇の隙間《すきま》におずおずと差し入れる。態度を読み違えたのかと、イーデンは胸がふさがりそうになった。彼は私など欲しくない。今にも体を離し、侮蔑《ぶべつ》の言葉を浴びせるだろう。だが、イーデンが敗北を認めようとしたその瞬間に、ラフェはくぐもったうめきをもらし、彼女を抱き寄せた。

ラフェの唇が開いたとき、イーデンは安堵のあまり気が遠くなりそうだった。彼にもたれかかって支配権を委《ゆだ》ねると、ラフェはむさぼるようなキスをした。

ここが私のいるべき場所だ。イーデンは運命のように受け入れた。私はラフェのもの。何年離れていようと、彼こそが私の求めるただひとりの男性。

「今度は後戻りできない。土壇場で気が変わるのもなしだ」顔を上げたラフェは警告した。「今すぐきみがほしい。トレーラーのなかだろうが、グランプリの真っ最中だろうが、誰が踏みこんでこようとかまうものか」ラフェは鋭く息を吸った。欲望に負けない自制心を取り戻そうと躍起になっている。「だが時間がない。いつもこうだ」ラフェがつぶやく。「僕たちはいつも時間が足りないんだ」

「二人で時間を作ればいいわ。レースのあとで。私はここであなたを待っている」

ラフェはイタリア語で何かつぶやき、もう一度イーデンの口をふさいで彼女の体を激しくまさぐった。ジャケットが滑り落ち、キャミソールの下にブラジャーをつけていないことがわかって、彼は喜びにうめいた。「僕のいとしい人《カーラ・ミーア》、きみがほしくて今にも爆発しそうだ」薄いシルクのキャミソールを通して胸の頂を撫《な》でられ、イーデンは震えがおさまらなかった。その先に進んで、今すぐ私を奪ってほしい。

でも、国民的ヒーローの活躍を見ようと大勢のファンが集まっている。いずれ私の時間は巡ってくる。

「ここにいるわ」ドアをノックする音に、イーデンは渇望を抑えたが、小声で悪態をついているところを見るとラフェも同じようだ。

「なぜ来る気になった？」目深にかぶった帽子の陰からラフェが尋ねた。

「ポルトガル・グランプリを見たの。あなたのニュースを」イーデンは目をつぶり、ラフェが車から出てくるまでの身も凍るような時間を思い起こした。

「怪我《けが》はなかった。あざができたぐらいさ」

「そうですってね。あとでペトラに聞いたわ。でも、もしあなたが助からなかったら？　私に残るのは自分のプライドだけだわ。あなたはもう一度やり直したいと言った。最初から」イーデンは一瞬ためらった。「私もそうしたいの。過去を振り返ったり、将来のことを心配するのはもうたくさん。私たちの関係がどれだけ長続きするかわからないけど、正直言ってもうどうでもいい。私は今、今日、あなたがほしい」イーデンがきっぱり言うと、ラフェの口元にたまらなくセクシーなほほ笑みが浮かんだ。

「今は少々取りこみ中でね、カーラ・ミーア。今夜まで待ってくれないか？」


ヴィラ・ミモザはミラノから車で三十分ほどのコモ湖の岸辺の小さな村にあった。屋敷の前面にある主寝室からは輝くブルーの湖面が眺望できる。反対側は庭園とプールに面している。砂漠のオアシスのような静寂に包まれながら、国際都市ミラノもすぐそこだった。

別荘に足を踏み入れたとき、イーデンは昔に戻った気がした。主寝室を見まわすとさまざまな思い出がよみがえる。この部屋で天国と地獄を味わったんだわ！　ラフェと交際していた年、ここを家にしていた。滞在できる時間はわずかでも、シーズン後の数週間、イーデンはラフェと二人きりでいられることを喜んだ。内装に一流のインテリアデザイナーを使ったに違いない寝室の装飾は、何ひとつ変わっていなかった。化粧台の上のガラスの蛙《かえる》のコレクションさえそのままで、イーデンはひとつをつまみ上げると、なぜかせつなさを覚えた。緑色のガラスでできた、けばけばしい蛙。でもスペインの市場でひと目惚《ぼ》れして、ラフェが買ってくれたときにはとてももうれしかった。なぜ彼はまだ持っているのかしら？　優雅な部屋に場違いな蛙の置物は目立つ場所に飾られていた。これを見て私を思い出すことはあったのだろうか。

イーデンは化粧台の鏡に映る自分の姿を点検した。黒いネグリジェを買ったのは、彼を誘惑したかったからだ。ちょっと魅惑的な妖婦《ようふ》に見えないこともない。だが、内心は吐き気がするほど緊張していた。レース後のパーティを抜け出すともう真夜中だった。モンツァ・グランプリに勝利したラフェはどこへ行ってもひっぱりだこだった。イーデンは目立ちたくなかったが、ラフェは彼女をそばから離さず、カメラマンたちの憶測を呼んだ。ようやく二人きりになれたものの、車が別荘の私道に入るとイーデンは緊張感に襲われ、シャワーを浴びたらというラフェの提案をほっとして受け入れた。

「必要なものは全部そろっていたかな？」

ラフェの声にイーデンは振り返り、大きく見開いた瞳で彼を見つめた。「ええ、ありがとう」化粧品類が自分の好みの品でそろえられているのを見て驚いたが、偶然だと言い聞かせた。五年前に好きだった香水をラフェが覚えているはずがない。

ラフェは部屋に入るとアイスペールからシャンパンのボトルを取った。イーデンの目は彼の広い肩と、大きく開いた白いシルクシャツの胸元からのぞくオリーブ色の肌に吸い寄せられた。五年前よりもっと魅力的に見える。体はいっそう引き締まり、瞳に浮かぶあらわな思いに、体の力が抜ける感じがした。ラフェの瞳には、今夜必ず彼女と愛し合うという決意が見えた。もう後戻りできない、と。イーデンは期待に全身が張りつめ、ときめく自分を否定できなかった。

シャンパンのコルクを抜いたラフェは、イーデンが山羊《やぎ》のように飛び上がるのを見て意外そうな目をした。見かけほど彼女は自信満々というわけではないようだが、それは願ってもないことだ。久しぶりに迎える夜に緊張しているほうがいい。僕もまったく同じ状態なのだから。彼女はなんてきれいなんだ！　ラフェはグラスを渡しながら感嘆した。一日じゅうイーデンの体を思い描いていた。豊かな胸、スラックスに隠された長い脚。ネグリジェのひもを解きたくて指がうずうずする。張りのある胸のふくらみを解放したい。長いネグリジェに脚は隠れているが、それももうしばらくのあいだのことだ。頭のなかでイーデンを裸にすると、ラフェの脈拍は急に速くなった。

時間をかけて楽しむつもりだったが、ラフェはすでに激しく高ぶり、荒々しい衝動に駆られていた。セクシーな黒いシルクをはぎとり、激しく彼女を奪いたい。一生忘れられないように。

「乾杯しよう」ラフェはイーデンを見つめてささやいた。「僕たち二人に——その関係が続くかぎり」

ラフェの言葉にイーデンは背筋を氷のかけらのようなものが滑り落ちるのを感じた。だがシャンパンを口に含み、おとなしくあとに続いた。

「私たちの関係が続くかぎり」イーデンは冷ややかに言い、そのあとの言葉はラフェの唇に押しつぶされた。イーデンの唇はシャンパンの味がした。ラフェが唇のあいだに舌を入れると、すでに研ぎ澄まされていた彼女の感覚が過熱する。激しくまさぐる舌にラフェの渇望が伝わる。熱情は干し草に火をつけたようにいっきに燃え広がり、イーデンはラフェの体に手を伸ばした。じかに肌に触れたい。シャツのボタンに焦れる指先に、早鐘のようなラフェの胸の鼓動を感じる。彼も見かけほど冷静ではないのだ。無敵の征服王というよりは、激情にとらわれた捕虜のようだ。

「きみのこと以外考えられない」ラフェは唇をイーデンの胸の谷間に這《は》わせた。ネグリジェの前をとめるリボンを引っぱり、胸のふくらみを両手で持ち上げ、せつなくうずく先端を交互に口に含む。「今すぐきみが欲しい、いとしい人《カーラ》。もう待てない」

ベッドまで運ばれるあいだ、イーデンは部屋がまわっているように感じた。ラフェがシャツを脱ぎ、覆いかぶさってくるのをまぶたの隙間から見る。彼がほしい。性急な欲望に体が震え、何もかも忘れそうになる。だが、ラフェがネグリジェを取ろうとしていることに気づき、はっとした。

「着たままがいいわ」イーデンはささやいたが、ラフェは低くうなるように笑った。

「とんでもない。この四年間、きみの体を夢に描いてきた。黒いシルクのシーツに横たわり、僕を迎え入れる白い肌を。きみのすべてが見たい。僕の頭に焼きついているセクシーな美しい脚のすみずみまで」ネグリジェを取り、ラフェはイーデンの体に視線を走らせた。「これはいったい《マードレ・ディ・ディーオ》！」

イーデンは固く目をつぶった。ショックに満ちた声を聞くだけでもつらい。嫌悪する顔は見たくない。

「私の脚はきれいじゃないって忠告したじゃない」明るく言おうとしたのにくぐもる声が情けなかった。

ラフェはまだ沈黙している。沈黙はどんな拒絶の言葉よりも残酷だった。絶望感にさいなまれてイーデンはまぶたを開いた。ラフェの目に恐怖が浮かんでいる。「無理をしなくても……つまりその、その気がなくなるのも当然だから」イーデンの自嘲《じちよう》するようなかすれ声に、ラフェの瞳は険しくなった。

「僕にその気がなくなったとどうしてわかる？」イーデンはナイトガウンを引き寄せて傷を隠したかった。「このせいで」ラフェは彼女の脚に走る傷跡を指でなぞった。「きみへの欲望が変わると思っているのか？」

「とても醜い傷だもの」イーデンは涙をこらえた。泣くなんて情けない。もっとひどい傷を負った人たちが勇敢に闘う姿を見てきたというのに。だが、あまりにも自分が無力に感じた。どんな美女でも選べるラフェがこんな私をどうして選ぶの？「外科医の先生は、時間がたてば傷跡は多少薄くなるって言ったけど、こんなにひどいし、あなたはきれいな脚が好みだったから」声の震えを隠しきれない。

「僕はきみが好みだったんだ」力強い声に、イーデンは彼を見つめた。「きみがロンドンで拒んだのはこれのせいか？」あのときの事情に思い至ったラフェが尋ねると、イーデンはうなずいた。

「あなたがぎょっとすると思って。あなたに醜いと思われるのは耐えられなかったのよ」イーデンはみっともなくはなをすすり、手の甲で目をこすった。これで完全にその気がなくなるわね。どこかへ隠れて自分の傷口を舐《な》めたいという思いのほかは何も感じない。否定したところで、ラフェから欲望は感じられない。「客用の寝室で寝るわ」体を起こしたイーデンを、ラフェが枕《まくら》に押し戻した。

「僕たちはどこであろうと眠らない。僕が頑張れるかぎり」ラフェの声は落ち着いていた。立ち上がってズボンのファスナーを下ろす彼を、イーデンは目を見開いて見た。彼女をじらすかのようなゆっくりした動作。ボクサーパンツを腰から落とすと、熱い高ぶりがさらされた。イーデンは口のなかがからからになった。

「ラフェ、無理をしなくても……」イーデンが口を開きかけると、ラフェは皮肉な笑い声をあげた。

「無理をしていないのはあきらかだろう」ラフェはベッドの端にひざまずき、イーデンの脛に走る深い傷跡を触れるか触れないかの優しいキスでなぞった。

「やめて」イーデンは訴えた。さわられるたびに体が引きつった。

「さわると痛む？」

「いいえ。でも、気持ち悪いでしょう」

「傷もきみの一部だ」ラフェはさらりと言った。

「僕はきみのすべてがほしい。さっき傷を見たときに僕がショックを受けた顔をしていたなら、気持ちが悪かったからではなくて……」ラフェは言葉を探した。「きみの気持ちを思ってつらかったからだ。ここに痛みを感じたんだ」彼は自分の胸に手を当てた。「知らない場所で傷ついて血まみれになったきみの姿を考えるのは耐えられない。僕はそばにいなかった。きみを助けることができなかった」

ラフェはまた頭を下げた。優しい祈りのように、傷跡のひとつひとつにキスをする。そしてやがてイーデンの腿の内側の敏感な部分に達し、彼女を身もだえさせた。ラフェの指がショーツのゴムにかかる。

「僕にとっては、永遠にきみがこの世でいちばん美しい女性だ」彼の言葉が信じられなかったとしても、燃える瞳には情熱の深さがはっきりと表れていた。安堵と喜びに最後のためらいも消え、イーデンは腰を上げ、下着が抜きとられるに任せた。

黒のシルクのシーツの上にイーデンのクリームのように白く、なめらかな肌がなまめかしく浮かび上がる。言葉を失うラフェの頬骨に赤い帯が広がった。

「四年は長い。誰かとつきあったことは？」絞り出すようなかすれた声はほとんど聞き取れない。

イーデンは何か気のきいた軽口をたたきたかった。自分の恋人の数など彼の恋人の数に遠く及ばないと。だが、視線を合わせようとしないラフェの様子はどこか無防備だった。「それは大事なこと？」イーデンがささやくと、ラフェは首を振った。

「いや、きみが僕のベッドにいる。重要なのはそれだけだ」

イーデンはラフェにキスしてほほ笑んだ。「あなただけよ、ラフェ。私が求めた唯一の男性は」

「きみが知る唯一の男だ」ラフェは言い直した。

「僕と一緒にいると約束してくれ、イーデン、僕が望むかぎりずっと」

イーデンの答えはラフェの唇にふさがれた。イーデンには自分しかいなかったことを知り、ラフェは堰《せき》を切ったように激しく彼女の唇を求め、全身に這わせた手を腿のあいだに差し入れた。イーデンはなめらかに潤い、彼を迎え入れる準備ができていた。

ラフェは彼女の腰の下に手を入れて持ち上げ、ゆっくりと体を沈めた。しばらくぶりらしいイーデンを思いやり、少しずつ慣らしてやりたかった。だが、イーデンにしっとりと包みこまれ、今にも爆発しそうだった。ラフェは動きを止め、額を彼女の額につけた。眉に汗の粒が噴き出している。

「きみを傷つけたくない」つぶやいた彼の下でイーデンがわざと腰をよじり、ラフェは鋭く息をのんだ。

「私を傷つける唯一の方法は、今やめることよ」イーデンの言葉に自制心のかけらが吹き飛び、ラフェは深くゆっくりと突き進んだ。相手が自分のリズムに追いつくのを待ってペースを上げる。

イーデンはラフェの肩にしがみついた。このすばらしい感覚を忘れていた。イーデンは頭を左右に振り、体をしならせた。さらなる高みへと誘われ、硬直した体が快感に震え、その波が全身に広がっていく。「ラフェ」イーデンはきれぎれに叫んだ。ラフェは深く押し入るたびにきつく締めつけられてうめきをもらした。一瞬顔をこわばらせ、彼は勢いよく自分を解き放ち、激しく身震いした。

「僕が望むかぎりいると約束したよね」

　イーデンの体がこわばる。激しく愛を交わしたあとの彼にどんな言葉を期待していたのだろう。結局ただの支配権を争う駆け引きだったの？　自分が勝ったから用済みの私はもういらないと？　「ええ、したわ」イーデンはかすれた声で答え、ラフェの口元にセクシーな笑みが浮かぶのを見ていた。

「ずっと長いあいだきみをほしがると思うよ」ラフェは警告した。「ひょっとしたら永遠に」

「それならそれが、私があなたと一緒にいる時間だわ」イーデンはあっさりと答えた。ラフェの顔から笑みが消え、真剣なまなざしで彼女の唇をとらえ、情熱と優しさのこもったキスをした。

8

　この数日、イーデンにはヴィラ・ミモザ自慢の豪華なプールを堪能《たんのう》する時間がたっぷりあった。イタリアの美しい夏の日。ラフェの雇った家政婦のソフィアはせっせとおいしい食べ物を用意してくれる。読んでいる本もそれなりにおもしろい。およそほしいものはなんでもそろっている。イーデンは自分に言い聞かせ、頭のなかで指摘する声を無視した。ラフェがいない、という声を。

　もちろん夜には戻ってくる。寝室で彼が注いでくれる情熱は申し分なかった。ラフェは離れていた時間を埋め合わせるかのように、ひたむきに愛を交わした。ベッドのなかでは、イーデンを喜ばせる以外に大事なことはないかのように思われた。高みへと誘われ、焦らされ、いっきに解き放たれる。ラフェの腕のなかで彼女は理性を忘れたみだらな生き物に変身した。喜びを与え、与えられて、やがて彼の胸でぐっすりと眠りに落ちた。

　ときにラフェは夜明け前に、敏感なイーデンの肌を唇で目覚めさせた。眠たげにほほ笑み、彼女はたちまち彼を迎え入れる準備ができる。ラフェはゆっくりと侵入して欲望の炎をあおった。だが、やがて彼女が目覚めるとベッドは空になっているのだった。ラフェには果たすべき役割がある。それはイーデンも理解していた。レースとレースのあいだもレースと同じくらい重要なのだ。車の性能を完璧《かんぺき》に仕上げるために、デザイナーやエンジニアと緊密に協力しなければならない。そのうえ、今や彼はサンティーニ家の事業を統率するという重責も担っている。ラフェは、ファブリッツィオが軽い心臓発作を起こしていたことを教えてくれた。ジャンニの自殺のショックによるものと思われたが、父親は残された唯一の後継者に支配権を譲ろうと固く決意しているらしい。

　イーデンはすべて納得していた。それなのになぜ、何も変わっていないと頭のなかで悪魔がささやくのか？　二人の関係は体のつながりだけだと。まるで聞きわけのない子どものようだ。ラフェの生活はサーキットの内も外も猛烈なペースだ。そうでない生活は現実的に期待できない。四年前、イーデンは幸せを感じなかった。あのころは彼にそれを打ち明けるだけの自信もなかった。これからの二人の関係に可能性があるなら、意思表示して自分が望む生活を求めて闘わなければならない。プライドをずたずたにされて、昔の二の舞にならないうちに。

　ラフェは昼食の時間に帰ってきた。テラスを向かってくる彼の姿にイーデンは胸が高鳴った。チノパンツと胸元が開いたクリーム色のシャツを着た彼は、言葉を失うほど魅力的だった。デザイナーズブランドのサングラスと手首には重厚な金のロレックス。どこから見て億万長者のプレイボーイそのものだ。とても穏やかな家庭生活に満足する男とは思えない。

「こんにちは《ブオン・ジョルノ》、いとしい人《カーラ》」ラフェの熱い口づけにイーデンの頭から彼以外のものが消え去った。「今朝は何をしていた？」

「泳いだり、本を読んだり……」イーデンは努めて明るい声で答えた。「運動と日光浴は脚のためにもいいの。傷跡が少し薄くなっているわ」

ラフェはイーデンが座るデッキチェアの端に腰を下ろし、傷ついたほうの脚を優しく撫《な》でた。「それはいい。でも前にも言ったが、傷跡が気になるなら一流の形成外科医に診せることもできるんだよ」

「手術させたいと思っているの？」ラフェは傷があってもなくても彼女は美しいと言いつづけているが、本音はなめらかで完璧な脚のほうがいいはずだ。

ラフェはサングラスをはずした。イーデンの視線を見すえる黒い瞳は思いやりに満ちている。「正直に言うと……思っていない。その傷はきみがいかに勇敢で恐れを知らない女性かという証《あかし》だ。きみは申し分ない女性だよ」ラフェは頭を下げて紫の傷跡をキスでなぞった。イーデンは目頭が熱くなった。

ラフェの唇が腿を伝い上がっていき、イーデンの敏感なおへそに舌が差し入れられた。イーデンは息を止め、デッキチェアの上で身じろぎした。ビキニの留め具がはずされ、胸があらわになる。

「ソフィアが食事をテラスに用意するんですって」

イーデンは気もそぞろにつぶやいた。ラフェに両胸を押さえられていてはまともにものを考えられない。白い肌にオリーブ色の指がくっきりと浮かび上がる。

「しばらく待つように言ってある」ラフェの声に強い欲望がにじんでいた。

「でも私はおなかがぺこぺこなんだけど」いたずらっぽく瞳を輝かせ、抗議する。「あなたは？」

「飢え死にしそうだよ、カーラ」ラフェはうめきながら二つの胸のふくらみを真んなかに寄せ、その先端に舌で交互に輪を描き、硬くこわばった突起を口に含んだ。「食べたくてたまらない！」

イーデンの体は彼を求めて熱くなった。早くビキニの下も取って。だがラフェは、張りついた水着を指で執拗《しつよう》に撫でた。やがてイーデンの腿のあいだに溶岩のように熱い潤いがあふれた。

「ラフェ！　お願い……今来て」もう我慢できない。まださほど触れられてもいないのに甘美な快感の波が体を駆け上がり、奪われたくてたまらない。じっと観察するラフェの目がイーデンの焦燥をとらえた。

「腰を上げて」ラフェは命じた。ねっとりした声が糖蜜《とうみつ》のようにイーデンの体を滴り落ちる。ラフェは無言で彼女のショーツを抜きとり、腿を開かせた。


ラフェは立ち上がり、彼女の瞳を見つめたまま一枚ずつ服を脱いでいった。イーデンが高まる期待に気が変になりそうになったとき、ようやく体を重ねた彼は力強く押し入った。体の奥深くでうごめいたかと思うと外に出てしまうほど体を引く。イーデンはラフェの肩に爪を立て、ふたたび彼女を満たすようにとうながして、彼のリズミカルな動きについていった。全身が炎になる。快感が押し寄せ、イーデンはのけぞって雲ひとつない空を見上げた。体の奥でラフェをしっかりとらえ、強烈な絶頂感に嗚咽《おえつ》して彼の名を叫び、しがみついた。ラフェは彼女の上で動きを止めて、自分を抑えようとした。イーデンの最初の痙攣《けいれん》がおさまるとふたたび彼女を激しく突き上げ、ついにこらえきれなくなると、強烈な喜びを感じながら自分を解き放った。

そのとき突然、ラフェの携帯電話の音が至福の静寂を引き裂いた。ラフェはしばらくその音を無視していた。イーデンの瞳をのぞきこむラフェの目にあきらかな不満が浮かぶ。小さく悪態をつき、ラフェは電話を取り上げた。

「お父さん《パパ》」すぐにラフェは流れるような母国語で話し始めた。イーデンには理解できなかったし、興味もなかった。ラフェの電話の相手はたいがい彼の父だ。いつでも息子が応答することを要求したが、夜のことが多かった。イーデンにはファブリッツィオが二人の様子を盗み見て、貴重な時間を邪魔しているように思えてならなかった。いずれにせよ、イーデンがラフェの人生に戻ったことを彼が快く思っていないのははっきりしている。

イーデンはローブに腕を通し、涼しい家のなかへ向かった。シャワーを浴びて、何か食べて、午後の用事を……まあ何か考えればいい。きっとラフェはファブリッツィオに呼びつけられるだろう。

頭にタオルを巻いたイーデンがバスルームから出てくると、ラフェは寝室で待っていた。

「悪かったね。父が――」

「言わなくてもいいわ、お父様が病気であなたが忙しいのはわかっているもの」

「ここまで忙しいのはめったにないんだが」ラフェはイーデンから距離を置くように窓辺へ行って外を眺めた。ピンクに上気した柔らかな肌をタオルに包んだ彼女には、たまらなくそそられる。あのタオルを少しずつ巻きとり、彼女をベッドの上に転がすことができたら。今度はゆっくりと。だが、熱い期待で体がこわばるのを感じたラフェはきつく目を閉じ、意志の力で衝動を抑えた。父に呼び出されているのだ。何か急ぎの書類があるらしい。ラフェには急ぐ理由は見当たらなかったが。

生まれて初めてラフェは父の命令を恨めしく思った。彼をイーデンから引き離すものは誰であれ、どんな用事であれ腹が立ち、試験コースで費やす時間さえわずらわしく感じるようになった。頭の片隅に、父がイーデンを侮辱したという彼女の言葉があった。最初は、父親が二人の破局を画策し、あろうことかジャンニまで巻きこんだという彼女の主張を激怒してはねつけた。彼女の誤解だと自分を納得させた。若かった彼女がファブリッツィオの強引な性格を怖がって、嫌われていると思いこんだのだろうと。手放しで歓迎はしなくても、父は彼女に礼儀正しく接していたではないか？　だが、一方で父はずっと長男がイタリア人と結婚する望みを隠さなかった。バレンティーナ・ディ・ドメニチのような！

「インディアナポリス・グランプリの前の予定を空けてある。ベネチアあたりに行くのはどうかと思って」

「本当？」イーデンは瞳を輝かせたが、すぐに感情を隠すようにまつげを伏せた。「お仕事があるんじゃないの？　お父様は……」

「二、三日僕がいなくてもどうにかなるさ。四年前はきみと過ごす時間が少なかったせいで失敗した。同じことは繰り返したくない。残念ながら、今日はこれから留守にするけど」

「今読んでいる本がおもしろいからだいじょうぶよ」イーデンは明るく答えた。ベネチアに行けば二人きりで昼も夜も一緒にいられると思うと、うれしくてしようがない。

「外出したらどうなんだ」ラフェは、本当はできることなら二人で家にこもっていたかった。「買い物とか。ミラノには高級ブティックがそろっているし、女性というのは買い物好きなものだろう」イーデンがその型にはまらないことが不満げに聞こえた。

「あなたは、ほかの女性と違っているから私のことが好きだと言ったのよ」イーデンはにっこりした。「あなたのお金に興味はないの」彼の首に腕をまわしながら言う。「興味があるのはあなただけ」

ベネチアは世界でもっともロマンチックな都市という名にふさわしい。イーデンは乱れたシーツの上で伸びをして、四柱式ベッドの飾り彫りを見上げてしみじみ思った。彼女は別荘で過ごすだけで充分だったが、ラフェはどうしても四年前の約束を果たすと言ってきかず、二人は市内に張り巡らされた運河を探索して幸福な数日を過ごしていた。

昼間はベネチアの豊かな歴史と文化を存分に堪能し、夜もエネルギッシュに過ごした。ラフェは底なしの泉のようにイーデンを求めた。夜のあいだに何度愛を交わしても、ラフェが好む朝の過ごし方を思い出すと、イーデンは口元がほころんだ。体の向きを変えるとベッドの隣は空っぽだった。

そよ風にボイル地のカーテンが揺れ、朝食をとるバルコニーの椅子に座るラフェが見えた。

「早起きなのね」イーデンはラフェのうしろに立ち、肩から腕をまわした。

ラフェは無言のまま彼女の手を取り、キスした。温かい唇が手首の脈に触れる。

「考えごとをしていたんだ」ようやくラフェが口を開く。イーデンの背筋を不安が走る。考えごとという言葉には不吉な響きがあった。「過去のこと、きみとジャンニのことを」彼は静かにつけ加えた。

「今のことだけ考える約束でしょう。でも、ジャンニと何もなかったのは事実よ。あの夜私は彼にキスしなかったし、浮気もしていない」

「信じるよ」ラフェは重々しく言った。「きみには絶対に嘘《うそ》はつけないと気づくべきだった。きみはとてもわかりやすい。きみに隠しごとはできないんだ。少なくとも僕に対しては。きみの心は透明な池のようなものだ」

そんなに透けて見えては困る。イーデンにはひとつだけ明かせない秘密があった。二人のあいだに愛はないのに、ラフェこそ自分が生涯愛するただひとりの人だと宣言して気まずい思いをしたくない。

「きみに謝らなければならない」ラフェは立ち上がってイーデンを抱き寄せ、優しく髪を撫でた。「ジャンニが僕たちの仲を裂こうとした理由はわからない。僕との絆《きずな》を切ってでもきみをほしいと思いつめていたのかもしれないが」彼は唇をイーデンの眉から頬をなぞって口元に寄せた。「僕たちは四年をむだにした。弟のために僕はとても大切なものを捨ててしまった。きみだ」イーデンは言葉を失い呆然《ぼうぜん》としてラフェを見つめるばかりだった。「きみよりも弟の言葉を信じた。でもあいつのしたことを憎むことができないんだ。ああ、なんということだろう《マードレ・ディ・ディーオ》、イーデン、確かに弟は僕たちを傷つけたが、それでも僕は今でもあいつがここにいてくれればと思う。会いたくてたまらない」

「わかるわ」イーデンはラフェを抱きしめた。「私はジャンニを恨んでいない。まして、あなたが彼を憎むとは思っていないわ。弟だもの。あなたたちが仲よかったことはよく知っているもの」

「それならなぜ、あいつはあそこまでしてきみとの関係を壊そうとしたんだろう？　僕のきみへの気持ちはよく知っていたはずなのに」

「それはわからないけれど、きっと特別な理由があったのよ。彼はあなたのことを崇拝していたから」

誰かがジャンニに嘘をつくようにそそのかした。イーデンはその正体についても目星はついていたが、彼の父への疑惑を口にすることはできなかった。ラフェはもう充分傷ついている。「もう終わったことよ。私たちはなんとかまた一緒になれたわ。ジャンニと、彼の秘密はそっとしておきましょう」

ラフェはイーデンにキスし、抱き上げて寝室に運んだ。

「過去でなく現在に集中しようというきみの提案は

すばらしいアイデアだ」ラフェは彼女をシーツの上に横たえ、バスローブのひもをほどいた。

「私がほしいと思ったのはあなただけよ、ラフェ」

本心をさらけ出しそうになる危険を感じたが、イーデンは抑えられなかった。ラフェがジャンニの死から受けた苦悩、そして、今また弟が嘘をついていたとわかったことで増した悲しみを癒《いや》したかった。自分は彼を大切に思っていると示すことによって。

一瞬動きを止めたラフェは、脚を開くようにうながした。ひざまずく彼に、イーデンは息をのんだ。腿の内側の敏感な部分に彼の温かい息を感じる。

「それなら、ずっとそう思ってもらえるように努力しなければね」からかうように言うと、彼は舌を使い始めた。強烈な快感に襲われて、イーデンは巧みな舌の動き以外何もわからなくなった。

寝耳に水の話をされたのは、自家用ジェット機がミラノの上空で着陸態勢に入ったときだった。ラフェはずっと携帯電話で話していた。イーデンは会話の内容を理解できなかったが、ぞんざいな口調からいい話でないことは察せられた。数日間の至福のときは終わり、現実がドアをノックしている。

「今晩別荘でディナー・パーティを主催することになった。大げさなものじゃない。仕事の関係者が何人か来るだけだ」

イーデンはうろたえた。「何人ぐらい？」

ラフェはこともなげに肩をすくめる。「二十人ぐらいかな」

「もう少し前に言ってくれればよかったとは思わない？」イーデンはパニックに陥り、いらだった。「たった二時間でパーティの準備をしろというの？私がお料理できないのは知ってるじゃないの」

「きみは何もしなくていい。こういうことはソフィアの仕事だ。それと、ソフィアのためにもきみはキ以前はそうでなかった。迎えに来たリムジンのなかで、ラフェは不機嫌に窓の外を眺めた。「父は病気なんだ。去年の心臓の一件が相当応《こた》えている。もう若いころとは違う」そっけなく答えた。「僕をサンティーニ家の事業にもっとかかわらせたいと思うのも無理はないんだ。一生レースを続けることはできないし、今はもう僕が唯一の跡取りだからね」

携帯電話が鳴り、彼はまた注意をそちらに戻した。別荘に着くとラフェは気もそぞろにイーデンを見た。「何もかも手配ずみだから、きみは少しも心配する必要はない。客が着くまでのあいだプールサイドでくつろいでいたらどうだい？」

「次は私のお尻をたたいてかわいいおつむは使わなくてもいいよって言うんでしょう」イーデンは噛《か》みついた。「目ざわりなのはわかっているわ。私がディナーに現れても本当に恥ずかしくない？　それともあとで部屋にお粥《かゆ》を届けてくれるの？」

ッチンに近づかないほうがいい」

「それはどうも」イーデンはむっとしながら言った。「何も強調しなくてもいいじゃないの。彼女は相談されなかったことに傷ついていた。自分の存在感の軽さを思い知らされた気がする。ことに家事万端をこなすしっかりものの家政婦がいるとあっては、必要とされていないのはあきらかだった。寝室以外ではに立たない余りもの。ラフェは彼女がただの愛人にすぎないことを宣言したも同然だった。「それでも、もっと早く言ってくれたらと思うわ」イーデンがぶつぶつ言うと、ラフェはため息をついた。

「僕も知らなかったんだよ。今朝になって急に父が自宅でなく別荘でパーティを開くことになっていると言いだしたんだ」

またファブリッツィオなのね。「お父様はいつもこんなふうなの？　あなたがいつも言いなりになると思っているのかしら」

「まったく《ディーオ》！ ひどく毒のある言い方をするようになったものだ」ラフェは強いイタリア語訛《なまり》で怒りを爆発させた。「四年前のきみは決して――」

「口答えしなかった?」かわいらしくその先を続けたイーデンを、ラフェは憎らしげに見た。

「ディナー・パーティのことをもっと早く知らせなかったことは謝る」深呼吸して声を落ち着かせ、彼は言った。「だが、たかが数時間のことなのに、きみはまるで駄々っ子だ」

「わかっているわよ」言われなくてもわかっている。イーデンは彼に背を向け、プールに向かった。ラフェは引きとめようとしたが、また携帯電話が鳴ったので、辞書には載っていないと思われるイタリア語で何かつぶやいて彼女を行かせた。

力任せにコースを二十回泳いで、ようやくイーデンの怒りはおさまった。デッキチェアの上で寝入ってしまったらしく、目を覚ますと六時になっていた。ラフェの客は七時にやってくる。イーデンはうめき声をあげ、屋敷の階段を駆け上がった。シャワーを浴びて髪をなんとかしなくては。ラフェの愛人としてさらしものになるなら、できるだけきれいにしてて最低限のプライドは守りたい。

イーデンは廊下の途中で居間にハンドバッグを置いてきたことを思い出し、方向を変えた。だが、部屋に入ると唖然《あぜん》とした表情の四つの顔が向けられた。

「失礼しました」イーデンは頬を真っ赤にして、ちっぽけなゴールドのビキニの前にむなしくサロンを広げてあとずさった。

ラフェがはじかれたように立ち上がった。ほかの三人の男性、ファブリッツィオと二人の客は無表情にイーデンをじろじろと見ていた。「イーデン、二階で着替えていたと思ったのに」

「どうも違ったようね」イーデンは軽口をたたき、にっこり笑って恥ずかしさをごまかした。「プール

「言ったでしょう。眠っちゃったのよ。ゆうべあまり寝てないから。お忘れかしら。お客様の到着までまだ一時間あるわ。時間前に来た方もいるようだけど」皮肉たっぷりにつけ加えた。「お父様が私の脚のことを言う必要がどこにあるの？」

「きみはときどき手がつけられなくなる。父は心配したんじゃないか。それに、きみが取引先の銀行の人たちに裸も同然の格好をさらしたのを、取りつくろってくれたんだ」ラフェの口調は冷ややかだった。「シャワーを浴びてくるんだ。口答えはするな。もう時間がない」

油で煮てやってもこの人にはまだ足りないわ。三十分後、イーデンはドレスのファスナーと格闘しながら、怒り心頭に発していた。あんなに傲慢《ごうまん》で、癪《しゃく》に障る、男尊主義の男は見たことない。涙が目にしみるのは腹が立つからで、ベネチアで近づいたと思った心のつながりを失ったからじゃない。

サイドで眠っちゃったみたい」

ファブリッツィオ・サンティーニは椅子にふんぞり返り、冷たい視線を向けていた。競りで賞を取った牝牛《めうし》を見定めるような目だ。「こんばんは《ブオナ・セーラ》、イーデン。ラファエルからきみがこの別荘にしばらく滞在しているのは聞いているよ」一瞬言葉を切り、ささやいた。「事故から順調に回復しているといいのだがね。ずいぶんとひどい傷が残ったものだ」気遣うような口調の裏にははっきりと悪意を感じ、イーデンはとっさに怪我《けが》をした脚を隠そうとしてバランスを崩した。ラフェが腕をつかまなければ転んでいた。

初戦はあなたの勝ちね、ファブリッツィオ。そんな笑顔にはだまされない。イーデンは部屋の外に出るとすぐにラフェの手を振りほどいた。

「何を考えているんだ？　支度をしているとばかり思っていたのに」叱《しか》りつけられてイーデンはラフェをにらんだ。怒りが頂点に達しようとしていた。

意外にもディナーはイーデンが心配したような不快なものではなかった。ゆるやかなカーブを描く中央の階段を下りてくる彼女を待つラフェは、白いホルターネックのロングドレスに包まれた美しい体の線と金色に日焼けした肩をうっとりと見つめ、瞳に欲望の炎を揺らした。仕事の関係者とその妻に紹介する声も誇らしく響いた。イーデンは少しずつ緊張が解けるのを感じた。

ファブリッツィオは驚くほど礼儀正しかった。実際、イーデンに失礼にならないようにイタリア語でなく英語で話をしようと提案したのは彼だった。ラフェは張りつめた気持ちをゆるめた。イーデンが言ったことは間違いだ。四年前の父の態度を誤解したに違いない。大人の女性としての自信をつけた今の彼女なら、頑固な老人をうまく扱えるだろう。

父とジャンニのあいだにははかりごとなどなかった。僕の人生からイーデンを追い出そうなんて。ジャンニは嘘をついた。理由は永遠にわからないが事実として受け入れるしかない。だが、弟はそれを正そうともしていたのだ。ラフェはジャンニが薬の過剰摂取をする数カ月前の会話を思い出した。重度の鬱《うつ》に苦しみながらジャンニは急にラフェの人生に関心を示し、将来の計画を尋ねた。レースを引退したあとどうするかとか、結婚して父が熱望する孫を作ってやる可能性はあるのかとか。ラフェは肩をすくめ、曖昧《あいまい》に答えた。自分にとって唯一、一時の気晴らし以上だった関係を壊したのはほかならぬジャンニであることはあえて指摘しなかった。ひょっとすると弟は見かけ以上に理解していたのかもしれない。

〝イーデンはずっと、兄さんが信じていたとおりの女性だったよ〟ジャンニの言葉が頭にこだまする。嘘を認めたとは言えないが、そのころすでにイーデンを捜すと決めていた気持ちを後押しした。過去のつらい出来事を水に流すことができたらと。

ラフェの客が帰ったのは夜も更けてからだった。イーデンは安堵《あんど》のため息をついてふらふらと居間に入り、靴を蹴《け》り上げ、ソファに倒れこんだ。今夜はうまくいったわ。心配していたよりもずっと。テラスで動く人影に、イーデンは笑みを浮かべた。

「ラフェ、そんなところで何をしているの？」

「ラフェはオフィスで電話している」ファブリッツィオ・サンティーニがフレンチドアを通って現れる。その瞳に冷たい侮蔑《ぶべつ》が浮かぶのを見て、イーデンの顔からほほ笑みが消えた。

「わかりました」イーデンが小声で答えると、ファブリッツィオはとげとげしい笑い声をあげた。

「本当にわかっているのかな、イーデン。今回はいつまで息子の娼婦《しょうふ》役を演じるつもりだ？」

「こんな侮辱を聞く必要はないわ」イーデンは飛び起きてドアに向かった。四年前には彼の露骨な嫌悪に反論する勇気さえなかったけれど、あれからずいぶん変わったのだ。「私の何が気に入らないのか知りませんけど、ラフェの気持ちを思うなら、個人的な感情や侮辱は胸にしまっておくべきではないかしら」

横をすり抜けようとしたイーデンの手首をあざになりそうなほど強くファブリッツィオがつかんだ。

「わしは息子がつまらない安っぽい女に血迷うのを指をくわえて見てはいない」彼は尊大な、イタリア語訛の強い口調で宣言した。「四年前にうまく追い払ったと思ったのにな。言っておくが、ラファエルはおまえなんぞと絶対に結婚しないぞ」

この浅黒いシシリア人の情に期待したのはむだだった。ファブリッツィオは、私をまたラフェの人生から追い払わないかぎり安心しない。しかも息子に怪しまれないように巧妙なやり方を画策するに違いない。彼が私に向ける憎悪をラフェに訴えてもむだだ。ラフェは父親を敬愛している。サンティーニ家の血の絆は固く、ラフェはようやくジャンニでなく私を信じてくれたが、父親か私か選べと迫ったら二つの忠誠心のあいだで引き裂かれるだろう。

ファブリッツィオが何より恐れているのは、ラフェと私が結婚することのようだ。二人の結婚の可能性はない。父親が公然と戦意を表したとなればなおさらだ。私を恐れる理由はひとつもないことをこの年老いた男性に理解させなくてはならない。ラフェとの結婚は考えていないと。そうすれば、しばらくは、ほうっておいてくれるかもしれない。

「あなたの息子さんと結婚するつもりはまったくありません」イーデンは冷ややかに言った。ファブリッツィオは不信に満ちた目でにらんでいる。

「おまえがサンティーニ家の財産に触手を伸ばさないとは信じがたい」

イーデンは肩をすぼめた。「犠牲が大きすぎるもの。金魚鉢のなかの生活はまっぴら。することなすことタブロイド紙のねたにされたくない。イギリスのカントリーハウスで充分だわ。必要なときに現金に換えられる数エーカーの優良不動産でね」

ファブリッツィオは疑い深く目を光らせながらイーデンを凝視した。頭のなかを見透かそうとするように。イーデンは身震いしたが、なんとかこらえ、気圧《けお》されまいとした。「ラファエルにその屋敷を買わせようと？」

「そうなるように努力しているわ」

「どうやら息子に警告したほうがよさそうだな。あいつの大事なイギリスの薔薇《ばら》は強欲なあばずれで、金しだいでどうにでもなると」

ひどい嫌味に吐き気が襲ったが、イーデンは顎を上げ、相手の視線をまっすぐに受け止めた。「ひょっとしたらもう知っているかも」彼女は冷ややかに言った。「あなたが私を恐れる必要はないんです、シニョール・サンティーニ。私とご子息との関係はきわめて本能的な欲求に基づくものです。あけすけな言い方をすれば、ラフェは食欲を満たし、私はその対価をいただくというだけ。うぶな恋愛ごっこはとっくに卒業しましたわ。正確に言うと四年前に」

ファブリッツィオ・サンティーニは、おそらくこれまで言葉が出ないという経験をしたことなどないのだろう。イーデンは彼が一瞬あっけにとられているのを見て留飲を下げた。「すると、二人とも単なる体だけのつきあいだと言うんだな」鋭く目を光らせてファブリッツィオはイーデンの表情を探った。

「とても信用できんな。四年前おまえはわしのせいがれに夢中だった。何が変わったんだ？」

「私です、シニョール。私が大人になったんです」

言うなりイーデンはその場から逃げ出した。そのままでは、いつ気持ちが折れて自分の心が石でできているという幻想が破れるかわからなかった。シャワーで涙は洗い流せても、肌にこびりついたファブリッツィオの侮辱をこすり落とすことは難しかった。いったい私があんなに蔑《さげす》まれるようなどんなことをしたというの？　要するにファブリッツィオは、残った息子に何がなんでもイタリア人の貴族の血を引く孫を作ってほしいのだ。私の存在はそれを脅かす。もうラフェが私を妻とする心配がなくなったのだから、これからは二人に干渉しなくなるかもしれない。

ベッドに入ったとき、ラフェの姿はなかった。インディアナポリス・グランプリの前に片づける仕事があるのだろう。イーデンは彼がベッドに来てくれることを願った。しっかりと抱きしめられて安心したい。だが、いつしか彼女はひとりで眠りに落ちていた。明け方になって寝室に入ってきたラフェは、ベッドのなかのイーデンを、真冬のように凍える目でじっと見下ろしていた。

9

八月のインディアナポリスは暑く埃《ほこり》っぽかった。車の不調でポールポジションを逃したラフェは、先頭に出ようと無理にエンジンの回転数を上げた。後部から火を吹いて走る車を見守るイーデンは、数分間生きた心地がしなかった。止まった車からラフェが出てきてトラックを離れたときには心からほっとした。

「焼け死ななくて幸運だったのよ」ホテルに戻り、イーデンはラフェに噛《か》みついた。暑さと緊張でかりかりし、ラフェのそっけない態度も癇《かん》に障った。

「F1で焼け死ぬドライバーはいない。安全対策は万全なんだ」シャワーに向かいながらラフェは冷ややかに応じた。「がみがみ言われるほうが死にそうだよ」

「ひどいわ」イーデンはバスルームまで追いかけていった。「煙に包まれる車を見るのがどんな気持ちか、あなたにはわからないのよ。なかにまだあなたがいたのよ。これじゃなんのために心配してるのか、わからないけれど」イーデンは両手を腰に当てたが、ラフェがシャワーを浴びるのを見るうちに怒りがおさまってきた。彼の体こそ、命を賭《か》けても惜しくない。彼女の目は固い筋肉の上を腿へ滑り落ちる石鹸《せっけん》の泡に吸い寄せられた。体の内側に熱いものが満ちてくるのを感じて、あわてて視線を引きはがし、彼の顔に移した。ラフェの目がからかうように光るのを見て、顔から火が出る思いだった。何を考えていたか、すっかり読まれている。

「心配だって？　気づかなかったな」最近のラフェはよくこんな皮肉な口調を使う。イーデンは唇を噛

「レースに負けて不機嫌なのはわかるけど、あなたの不機嫌はイタリアを出てからずっとよね」なじるような調子になった。理由はわからないがラフェの態度は急に冷たくなり、ベネチアで二人のあいだにあった親密さは消えていた。何度きいても、彼は肩をすくめて、なんでもないと言うばかりだった。

正直に言うように説得しても、ラフェの頑固さには手のほどこしようがなかった。イーデンはしかたなく、自分が彼の機嫌を損ねるようなどんなことをしたのだろうかと頭を絞った。思いつくのは別荘で開いたディナー・パーティぐらいのものだ。ラフェが招いた客はビジネス界のトップ、銀行家、弁護士、それにイタリア社交界の名だたる名士たちだった。彼に何か恥をかかせたのだろうか？　たしかにひどく緊張はしていたけれど、フォークの使い方を間違えたり、フィンガーボールの水を飲むといった大きな無作法はなかったはずだ。

チェーン店で買ったドレスや模造宝石《コスチユームジユエリー》を身につけた私を見て、自分の住む世界にふさわしくないと痛感したのかもしれない。そういえば、自分が贈った極上のパールとダイヤモンドのイヤリングをつけるようにと熱心に言っていた。

〝なくしたらと思うと気が気じゃないもの〟イーデンは断固として拒否した。〝財力をひけらかすために私をパーティに引きずり出すなら、たった今この関係は解消したほうがいいわ〟

彼の愛人として見せびらかされるのは我慢するにしても、最低限のプライドは保っていたかった。高価な贈り物の入手法を勘ぐられてはたまらない。

「私のことを恥じているの？」イーデンはとうとうかすれた声で問いただした。ラフェは顔をしかめ、タオルに手を伸ばした。

「もちろんそんなことはない。なんてばかなことを言うんだ。

言うんだ」ラフェは不機嫌に言い捨てた。「僕がなぜきみのことを恥ずかしがる？」

「パーティに出ていた奥さんたちみたいにオートクチュールのドレスや高価な宝石を身につけないから」

「つけることはできただろう。僕があげたイヤリングをつけなかったのはきみの意思だし、自由に服が買えるようにクレジットカードも渡してある」

「自分のものは自分で買いたいの。あなたのお金には興味がないと言ったじゃないの」

「たしかに」イーデンはラフェの怒気を含んだ口調に目をしばたたかせた。「きみの倹約ぶりはたいしたものだ。きみが僕とつきあうことで何を得ようとしているのかと疑問に思うことがある。性的な喜び以外で、という意味だが」

「あんまりだわ」ラフェを追って寝室に入ったイーデンはその場に凍りついた。彼の言い方はまるでわざと怒らせようとしているかのように残酷だった。ふいに疑念が頭をもたげてきた。私に飽きたの？ もう用はすんだから遠ざけて、別れの準備をしているの？ ラフェはベネチアから帰って以来イーデンの体を求めていなかった。禁欲生活は彼に似合わないのに。そうなると答えはひとつだ。「ほかに誰かいるの？」

「勘弁《マードレ・ディ・ディーオ》してくれないか、いつそんな時間がある？ きみの欲望は尽きることがないんだな」イーデンは頬が赤らんだ。まるで色情症《ニンフォマニア》扱いだわ。

「あら、無理強いしていたならごめんなさい」イーデンは硬い口調で言った。

「きみが熱心に僕のベッドに入ってこようとするのは光栄だ。だが、何か隠れた動機がある気がしてね。心当たりはないか？ 何か隠していることは？」

イーデンは本当に混乱して首を振った。「謎《なぞ》かけみたいな言い方ね。言っている意味がわからないわ」

近づいてくる彼の腰に巻かれた小さなタオルから、イーデンは視線をそらせなかった。

「そのうち思い出すかもしれないな」ラフェは静かに言った。「それまできみのもっと本能的な欲求を満足させることに異存はないよ」

イーデンは漠然と前にもこんな会話をした覚えがあった。ラフェの皮肉な口調の裏には何かが隠されている気がしたが、はっきりとはわからなかった。

「意地悪な言い方をするのね」イーデンは小声でつぶやいた。ラフェの黒い瞳が、なんの感情も浮かべないままに彼女の瞳を見すえる。にやりと口をゆがめる彼を見て、イーデンは氷のようなものが背筋を滑り落ちるのを感じた。

「今はあまりいい人でいたい気分じゃないんでね」ラフェは手を伸ばし、イーデンの髪をつかんで上を向かせた。熱気とシャワーソープの官能的な香りがイーデンを襲う。水滴のついた彼の胸に顔をうずめたくなる衝動に駆られる自分が、情けなかった。

「その欲求を静めようじゃないか」イーデンの首筋に息を吹きかけたラフェは、彼女が必死に抵抗の言葉をつぶやくと、髪にからめた指に力をこめた。

「これが欲しくないとは言わせないぞ」ラフェはなじるように言い、その間も彼女の肌に唇を這《は》わせた。「せめてこうしているあいだは、正直になるんだな、イーデン。シャワーを浴びる僕を見ていたのは知っているさ。欲しくてたまらないんだろう？」支配権を誇示するようにラフェはイーデンの唇を奪った。

抵抗するようプライドに命じられても、イーデンの体は別の意志を持つかのように、強烈な欲求を満たすこと以外どうでもよくなった。

腫《は》れ上がったイーデンの唇を離したとき、ラフェの呼吸は乱れていた。彼女の全身を値踏みするようにじっくりと眺めまわし、ワンピースの襟ぐりに手をかけていっきに引き下げると、前のボタンがはじけ飛んだ。

「ラフェ！　破かなくてもいいでしょう」イーデンは乱暴なふるまいを怒るべきなのに、激しい興奮を感じる自分を恥じた。ラフェが自分を傷つけることがないのはわかっている。彼の性急さに体がいっそう燃え上がった。

「新しいのを買ってやるさ」イーデンのブラジャーを取りながらラフェがささやいた。丸く張りつめた胸のふくらみを堪能《たんのう》して目を細める。「安心しろ、きみを満足させるだけの金はある」

「お金なんかいらないわ」イーデンは叫んだ。彼に胸をつかまれ、やっとの思いで正気を保っていた。ラフェが一方の胸の先を舌で刺激して口に含む。イーデンは息をのんだ。

「きみはそう言いつづけている。すると残るは体の喜びだけだ。僕たちのあいだにはそれ以外何もないから。そうだろう？」イーデンは冷酷な言葉におびえて逃れようともがいた。するとラフェは彼女の髪を引っぱってのけぞらせ、もう片方の胸を強く責めたてた。快感とも痛みともつかないものが走る。

「ラフェ、こんなのいやよ」イーデンは懇願した。「あなたは怒っているけれど、私はその理由もわからない」ラフェは一瞬体をこわばらせたが、そのままイーデンを抱えてベッドの上に落とした。手際よく彼女の下着を脱がせて脚を押し広げ、自分の腰に巻いたタオルをはずす。誇り高い男性の証《あかし》が傲然《ごうぜん》と姿を現した。腿の付け根がうずき、イーデンは目を閉じた。

「それなら僕を止めるんだな」瞳と同じ険しく挑むような声で言う。

「できないわ」自分の弱さが情けなくて屈辱にすすり泣くイーデンに、ラフェはひと突きで侵入した。愛撫《あいぶ》を受けていないイーデンの体は抵抗を感じさせたが、彼を迎える準備はできていた。体の中心を締めつけられ、ラフェは絞り出すようにうめいた。なんてことをしているんだ。こんな乱暴をするなんて。自分の野蛮さへの嫌悪からラフェは体を離そうとしたが、イーデンが長い脚をからませてきた。「やめないで」イーデンはささやいた。ラフェは動きを止めて見ている。「どうしたの、ラフェ。言葉にして言わせたい？　私が泣いて頼めばいいの？　わかったわ」突然、イーデンは怒りをぶつけた。「お願いやめないで、私を抱いてちょうだい……」ラフェはくぐもったののしりの言葉とともにイーデンの唇をむさぼり、彼女の意識を麻痺《まひ》させた。彼を拒むことは考えられない。イーデンは必死にキスを返した。そして深く攻められて背中を弓なりにし、猛烈な勢いで上りつめて彼の名を呼んだ。ラフェもあとに続いたが、振り絞るように発した彼女の名は野蛮な呪《のろ》いの言葉のように響いた。だが、ラフェはすぐにベッドを出てバスルームに向かい、たたきつけるようにドアを閉めた。そのとき初めてイーデンは枕《まくら》に顔をうずめた。彼に泣き声を聞かせまいと。

インディアナポリスには、飛行機をチャーターして皆と一緒に出かけた。帰りの機内でラフェはイーデンを避けるように主任エンジニアに話しかけたが、内心で彼女はほっとしていた。もうお互い何も言うことはない。別れの言葉があるだけ。ラフェは二人の関係が終わったことをはっきりさせた。

着陸態勢に入ってラフェが隣の席に座ると、イーデンはたちまち体をこわばらせた。ラフェの体の温《ぬく》もりと清冽《せいれつ》な香りに、彼の胸に顔をうずめたくなる。「だいじょうぶかい？」ラフェのハスキーな声はこの期に及んでまだイーデンの体に妙な感覚を引き起こした。「ゆうべはまるでけだもののようなことをしてしまった。僕は……」ラフェは言いよどんで髪をかき上げた。彼の傲慢な性格を知らなければ、ばつが悪そうに見えたかもしれない。「謝らなければならない」

「あら、大げさね。自分の間違いを認めるのがあなたにとってどれほど難しいかわかっているわ」

「僕の間違い？」気色ばんで荒らげた声にみんなが振り返った。懸命に深呼吸をして気持ちを落ち着け、ラフェはもう一度言った。「僕がしようとしているのは、その、なんと言ったっけ？　火に油を注ぐ？」

「それを言うなら海に油を注ぐ、つまり波風立たぬよう丸くおさめるということよ。火に油を注いだらもっと燃え上がるじゃないの。私たちの関係にはそっちのほうが合っているけど。そう思わない？」

「話がある」ラフェが小声で言うと、イーデンはうつろな笑い声をあげた。

「話があった、でしょう。少し遅かったわね。あんな暴力的な扱いを受けるようなどんな罪を私が犯したのか知らないけれど、もう心理ゲームはうんざり。あなたは不機嫌の理由を教えてくれそうにないし、ゆうべのことで私にはもうどうでもよくなったの」

〝暴力的〟という言葉にラフェはたじろぎ、瞳がつらそうに陰った。同情しそうになる前にイーデンはすばやく目をそらした。たしかに彼の短気はいつものことだ。気性の激しいラテン系だし、気分屋で有名だ。だが、ゆうべは、体ではなく心を深く傷つけられた。私は彼の愛人で、役に立つことはひとつだけ――そんな生き方はこれ以上できない。

空港に着いて中央のコンコースに出たとたん、二人の目の前でカメラのフラッシュがたかれ、大勢の興奮したレポーターに取り囲まれた。国民的英雄ともなればいつものことで、くしゃみをしただけでも見出しを飾る。だが、今回のパパラッチの関心はイーデンに向けられていた。

ラフェはボディガードに矢継ぎ早に指示を浴びせ、広い通路をイーデンを抱きかかえんばかりにして進んでいった。レポーターは足元に噛みつくハイエナの群れのようにつきまとった。これもジャーナリズムの一面よね。イーデンは嫌気がさした。誰かが彼女の手にその日の新聞を押しこむ。ひと目見たとたんにまわりがぐらぐらと揺れた。

ここまでひどい写真はそうないだろう。一面を見ながらイーデンは吐き気がした。写真はインディアナポリスのホテルの階段で撮られていた。タキシード姿のラフェはいかにもプレイボーイのアイドル然としていた。心もち彼の背後にいるイーデンはラフェの腕につかまり、うるんだ瞳で彼を見上げている。まるで酔っ払いみたいだわ。胸が悪くなる。実際には、ひどく疲れていて階段につまずいただけなのに。

なかの写真はさらにひどかった。露出度の高いビキニを着て、生々しい脚の傷跡がズームアップされている。何よりも傷ついたのは、ベネチアで撮られた写真だった。悠然とゴンドラに座るイーデンがカメラに向かってほほ笑んでいる。本当はラフェを見上げているところだった。ロマンチックな時間が安っぽい悪趣味なものにおとしめられていた。まるで商売にとりかかろうとする娼婦《しょうふ》のように見える。

「ひどいわ！」イーデンは声をもらした。ラフェは彼女の手から新聞を奪い取った。

「気にするな、こんなのはなんの意味もない」

「私にとっては意味があるの。こんなひどい写真。自分が……汚されたような気がする。こんな写真をどうやって？　誰かが私たちを見張っていたみたいね」

「パパラッチはどこにでもいるさ」ようやくたどり着いた車に乗りこむと、ラフェはにべもなく言った。

「やつらにつきまとわれるのも生活の一部だ」

「それは私の生活ではないわ」新聞に目を落として

イーデンは言った。会話は苦手だが、書かれたイタリア語は理解できた。記事が二人の情事を好き勝手に下品に書いたものであることはあきらかだった。

「金魚鉢のなかの生活か」ラフェが誰に言うともなくつぶやいた。イーデンはその言葉をどこで聞いたか思い出そうとして眉根を寄せた。

「偶然手に入るような情報じゃないわ。密告した人がいるはずよ。ベネチアに行くことも。でも、旅行のことは誰が知っていたかしら。あなたと私だけじゃない？」イーデンは唐突に言葉を切った。胃がむかむかした。理由はわからないがラフェは腹を立てていた。でも、まさかこんなひどいことをするはずはないわよね？「ラフェ、まさかあなたが……」

「マードレ・ディ・ディーオ！　一瞬でも僕を疑うこと自体、僕たちのあいだにいかに信頼がないかということの証拠だな」ラフェは憎々しげに言った。

「それなら誰？　誰かが私を辱めようとした。しかも大成功だわ。ベネチアに行くことを誰が知っていたの？」

父は知っていた。父のはずがない。頭のなかの声をラフェは激しく打ち消した。四年前はイーデンとの交際を快く思っていなかったかもしれないが、今は違う。このあいだのディナー・パーティではあんなに優しく彼女に接していたではないか。

「お父様には言ったの？」別荘に戻り、イーデンはラフェのあとから階段を上った。憔悴《しょうすい》した彼女の表情にラフェは心が痛んだが、憤慨して否定した。

「父をこの件に巻きこむな。きみは自分に自信がないから僕と父の仲がいいことを嫉妬《しっと》するのか？　ジャンニと僕の絆《きずな》を妬《ねた》んだように」

「違うわ」イーデンは怒りもあらわに否定した。

「でもお父様は私を嫌っている。あの方にとって私はあなたの娼婦にすぎないの。ディナー・パーティの夜もそう言われたわ」ラフェの目に浮かぶ強い侮《ぶ》蔑《べつ》にひるんで、震える声でつけ加えた。

「それは僕が聞いた会話と一緒かな？　きみは家のためなら自分の体を売ってもいいと言っていた。ダウアー・ハウスのことだと思うが」イーデンは廊下の大理石の床にがっくりと膝からくずおれた。

ラフェは駆け寄りもせず、冷たく見すえていた。イーデンは涙を押しとどめた。「それは誤解よ」悲しげにつぶやく。「お父様が恐れているのは、あなたが上流階級のイタリア人女性でなく私と結婚することよ。私は四年前のジャンニの嘘《うそ》の背後にいたのはお父様だと確信しているし、今度もまた私たちを別れさせるつもりだと思っている。私はお父様に私を恐れる必要はないと言おうとしただけよ」

「そんなことをする必要はなかった」ラフェは冷たく言い放った。「僕が父に直接言えばよかったんだ。僕が妻を選ぶとき、もっともありえないのはきみだと」

イーデンはキッチンのテーブルに座り、涙が涸《か》れるまで泣きつづけた。ラフェはオフィスに姿を消した。ドアを乱暴にたたきつける音が彼女を突き放すように響いた。イーデンのほうも、もはや彼に話しかけるつもりはなかった。そんなことをしても時間のむだだ。ファブリッツィオとの会話をどこまで聞いたかわからないが、彼への本当の気持ちを釈明するチャンスも与えず非難するのに充分なくらい聞いたのだろう。

つらいのは、ラフェが真実などもうどうでもいいと思っていることだ。ファブリッツィオがマスコミに情報を流した証拠があっても、ラフェは知ろうとしないだろう。サンティーニ家の一員として何よりも自分の家族を守る。ラフェは父親を心から愛している。イーデンはたとえ自分の心は粉々に砕けても、父親の邪悪な部分を暴いてラフェを傷つけることはできなかった。

「シニョリーナ」暗い物思いをおずおずとした声が破った。彼女の前に泡立つカプチーノを置くソフィアに、イーデンは半泣きの笑顔を向けた。固い友情を築いてきたソフィアの頬に涙の跡があるのを見て、イーデンは驚いた。「私のせいなんです」ソフィアはしゃくり上げ、そのあとにイーデンには理解できない早口のイタリア語が続いた。「あの新聞の記事ひどいです。あなたはとても悲しい。私のせいと思います」ソフィアは片言の英語で説明した。

「でも、どうして？」イーデンは優しく尋ねた。ソフィアがそうと知らずにマスコミに彼女とラフェの生活に関する情報をもらしてしまうことはありえる。だが、ラフェのパパラッチ嫌いを知る彼女が故意に話すはずはない。

「シニョール・サンティーニが――シニョールと私は、食事も満足にとれないほどお二人が忙しいということを冗談にしていたんです」ソフィアは恥じ入るように打ち明けた。「そのうちシニョールが、お二人はいつベネチアに行くのかと」

「どちらのシニョール・サンティーニ？」イーデンは慎重に尋ねた。旅行の手配をしたラフェが家政婦にきくはずはない。

「シニョール・ファブリッツィオです」ソフィアはおびえたように小声で言い、あたりを見まわした。

イーデンは安心させるように彼女の腕に手をかけた。「話してくれてありがとう。あなたには絶対に迷惑がかからないようにするわ、ソフィア」

うすうす察していたことを確認しただけだもの。イーデンは疲れた体を引きずるようにして二階に行き、衣装棚から服を引っぱり出した。新聞記事を操ったのはファブリッツィオだ。でも、ラフェは信じないだろう。その日一日、イーデンは過去の二の舞になったことに対する絶望と怒りにさいなまれた。

ファブリッツィオはかつて彼女をラフェの人生から追い出すことに成功した。そして、イーデンは今度もまた抵抗もしないまま、それを許してしまった。ラフェはイーデンを捜し出し、もう一度やり直そうとした。イーデンは、ベネチアで心が通い合ったことを忘れられなかった。

ラフェはとても優しくいとおしんでくれた。イーデンの胸にふたたび小さな希望の光がまたたいた。愛を交わすときのこまやかな思いやりやイタリア語の優しいささやきは、体だけが目当ての男性のふるまいではなかった。きっと特別な意味があったはずだ。私にとって特別だったように。最後にもう一度、二人の溝を埋める努力をしないまま、彼のもとを去るわけにはいかない。

その夜、夕食の席にラフェは来なかった。ソフィアによれば、一時間前に急に外出したという。帰る時刻は言わなかったようだ。なんとしてもラフェを説得しようと決心していたイーデンは、午前零時を迎えるころには緊張で神経が崩壊寸前になっていた。ラフェがなかなか戻らないことで余計に神経が高ぶった。自分の荷物を移した客用の寝室で階段の足音に耳を澄ましながら、イーデンはうろうろと歩きまわった。

午前一時になると、いろいろな妄想が頭をよぎり、ラフェにつきまとうセクシーなブロンド美女のひとりと彼が一緒にいる姿が目に浮かんだ。ラフェがほかの女性とベッドをともにすると思うと、本当に吐き気がしてイーデンは階下に急いだ。行く先の手がかりを求めてラフェの書斎に向かった。

デスクのうしろに座るラフェの姿に驚き、イーデンはドア口で立ち止まった。だが、もっと息をのんだのは、大きな精神的ショックを受けたような彼の憔悴した表情と、黒い瞳の空虚さだった。

「今何時かわかっているの？　どこに行っていた

の？」彼が戻った安堵《あんど》と不安がないまぜになり、声がとがる。ラフェが彼女を目を細めて見た。

「従順な愛人というよりは口うるさいかみさんみたいだな」ラフェがぶつぶつ言った。イーデンは顔を赤らめた。

「お酒を飲んでいたの？」

ラフェはデスクの上の半分空になったウィスキーのボトルに目をやり、なみなみとグラスにつぐと、いっきに飲み干した。「どうもそのようだね」

話をするのは朝までおあずけにしたほうがいい。二人とももっと冷静になるまで。だが、ひと晩じゅう神経を張りつめていたイーデンは決着をつけたいという気持ちを抑えきれなかった。

「話を聞いてちょうだい」デスクの前に立ち、イーデンはきっぱりと言った。「あなたが聞きたくないのはわかっているわ。でも、あの忌まわしい新聞記事の背後にあなたのお父様がいることはたしかよ。私たちの仲を裂くために、四年前ジャンニに嘘をつかせ、私にキスするように言いくるめたことも」

「父はずいぶん多忙だったようだな」ラフェは無気味な静かさで言った。彼の目に燃え上がる怒りに気づいたときにはもう遅く、彼ははじかれたように立ち上がると、デスクをまわってイーデンの肩をつかんでいた。「だがもう違う」怒りのままに彼女を揺さぶる彼の指が肌に突き刺さり、イーデンは痛みに顔をしかめた。「父は今日の午後大きな心臓発作を起こした。生命維持装置につながれて、今晩もつかどうかわからない」

「ああ、ごめんなさい」イーデンは震える唇を押さえた。ラフェの言葉の深刻さに打ちのめされる。フアブリッツィオへの非難が誤解だったら？　心の底では自分が間違っていないことはわかっている。フアブリッツィオは息子と私の関係を壊すためならどんなことでもするだろう。客観的に見れば、心臓発作まで都合よく起こしたようにさえ思えた。だが、こうなっては、ラフェはもう私の話を聞かないだろう。私もそうしてほしいとは思わない。今大事なのは、彼の父の回復だ。なんとかなぐさめたくて、イーデンは手を伸ばし、彼の顔に触れた。

ラフェはまるでたたかれたかのようにひるみ、イーデンは彼の目に浮かぶ軽蔑の念に震えた。「心にもない慰めの言葉など言うな。きみがどれだけ父を憎んでいるか知っているんだから。父が死にかけているというのに、きみはまだ僕に悪口を吹きこもうとしている」ラフェは怒りを抑えようと歯を食いしばった。「むだだよ、イーデン。僕はジャンニの件ではきみに味方した。だけど、またそうするとは思うな」

10

なぜ太陽はいつもどおり輝いているんだ？　ラフェはテラスに足を踏み入れた。ブーゲンビリアがあんなに真っ赤に咲いているのはどうしてだ？　僕の人生が音をたてて崩れようとしているのに、世の中は何も変わっていないように見える。

両親の家は昔から暗く感じられたが、今日は壮大な霊廟《れいびょう》のように思える。その暗がりを抜けてほっとしたのもつかの間、今度は日の光にさいなまれた。子どもたちの甲高い笑い声が静かな空気を揺らし、子守りの叱責《しっせき》が続く。声の主はラフェのいとこの二人の息子だった。女の子のマリーザは母親と家のなかにいる。男の子らが遊ぶ様子を見て、ラフェの脳裏に過去の光景が浮かんだ。芝生の上を自転車で競走する二人の男の子。どちらも相手に勝とうとむきになり、ハンドルを越えて池に落ちるくらいはなんでもなかった。二人をあおる男性の豪快な笑い声が聞こえる。いたずらっぽく、くすくす笑う弟の声も。

「イル・ディーオ・リ・ベネディーチェ――神の御《み》恵《めぐ》みを」かすれたささやきが喉の隙間《すきま》からもれた。

ラフェはみぞおちを殴られたような妙な痛みを感じた。寝不足で目も痛む。父が生死の境をさまよっているのにまともな睡眠を取るのは無理な話だ。

「ラフェ！」

谷川のように清冽《せいれつ》で透明な声がすり抜け、ラフェは体をこわばらせた。イーデン！　振り返ると彼女はいつもそこにいた。冷静で穏やかなイーデンの存在は、父の容体を案じて集い、大人数に膨れ上がったサンティーニ一族に平静をもたらした。ファブリッツィオが発作を起こした夜以来、二人は休戦状態を保っていた。父親が危篤のあいだはラフェのそばを離れないとイーデンが言いはったからだった。

ラフェは見せかけの同情などいらないとはねつけたかったが、空気を必要とするようにイーデンを求めていた。彼女こそ自分の生涯の伴侶《はんりょ》かもしれないという直観をぬぐいさることができなかった。

「病院から連絡があって、特に大きな変化はないそうよ」イーデンはラフェの横に立ち、静かに言った。

「きみは別荘に戻ったほうがいい。ここはごたごたしているから」

「あなたと一緒にいたい……役に立ちたいのよ」

「もう家に入るよ、母が……」

「牧師様やご姉妹《きょうだい》と一緒にいらっしゃるわ。お母様はあなたに、二、三時間別荘に戻るようにとおっしゃっている。食事をとって少し眠らなければ」

なんて彼女は美しいんだ、とラフェは思い、こまやかな気遣いに胸が震えた。そんな彼女に自分はインディアナポリスで理不尽に冷たくあたり、野蛮人のようにふるまってしまった。

「僕にはきみが必要だ」絞り出すようにラフェは認めた。誇り高く恐れを知らない彼が誰かの助けを必要としたことはなかった。イーデンはラフェの苦悩を理解し、彼の体に腕をまわした。

一時間後、ヴィラ・ミモザに帰った二人は泣きじゃくるソフィアに迎えられた。イーデンはソフィアをキッチンに連れていって食事の用意を頼んだ。

「シャワーを浴びて二時間ほど休むはずだったわよね？」書斎に向かうラフェをイーデンは見とがめた。

「モナコに行く前に打ち合わせをしないと」

「あなた宛《あて》の電話はペトラが処理するわ。それに、お父様の最初の発作以降あなたはサンティーニ・グループの実質上のトップだったじゃない。どうしても今日でなければならないものがあるかしら？」

「なぜそれをきみが気にする？」イーデンのあとから階段を上り、ラフェがかすれた声できく。主寝室の前で立ち止まり、彼女は優しい目で彼を見つめた。

「わからないわ」ラフェから受けた心の傷を思い出しながら正直に答えた。「とにかく気になるの」

「きみが一緒でなければベッドには入らない」

ラフェの言葉にイーデンはうろたえた。もっとも原始的かつ率直な方法で気持ちを通わせたい誘惑に心が揺らいだが、屈してばかりはいられない。ラフェは私をむさぼりつくす。「眠らなければだめよ」イーデンは軽い口調でたしなめたが、声の震えは隠せなかった。「あとで様子を見に来るわ」

ラフェは一時間ほど眠り、ソフィアが丹精した食事に少しだが口をつけた。それから病院に戻った。

翌日も、ラフェが電話をかけてくるまで同じことが繰り返された。ラフェは苦渋に満ちた声で父親がまた発作を起こし、危篤状態だと報告した。

その後の連絡はなく、イーデンは電話が鳴るのを恐れながらベッドに入った。ラフェを支えるためには休んでおかなければ。数時間後に目覚めると午前三時だった。鎧戸《よろいど》の隙間から月明かりが差しこんでいた。ベッドにかかる淡い光のなかにラフェが座っていた。肩を落とした沈痛な表情に胸が締めつけられ、イーデンは背後から彼の首に腕をまわした。

「容体に変化は？」おそるおそる尋ねる彼女にラフェはうなずいた。

「少し持ち直したようだ。父にはタフなシシリア人の血が流れている。最後まで闘うさ」彼の声には父への称賛と愛情がこもっていた。イーデンはラフェのためにファブリッツィオの回復を心から願った。

「よかったわ」彼女がそれだけ言うと、ラフェが振り向き、夢中で彼女の唇を求めた。

「きみを抱きたいんだ。僕が今どんなにきみの体の温《ぬく》もりを必要としているか、きみにはわからない」不明瞭《ふめいりよう》な言葉には疲労と、出口を求めて悲鳴をあげる鬱積《うつせき》した感情が入りまじっていた。イーデンには、彼が二人の聖域に慰めを求める気持ちが痛いほどわかった。

たぶんこれが自然な反応なのだろう。生きていることの再確認。イーデンはラフェを拒めなかった。彼女自身の体が彼を熱く求めている。ラフェが私を必要としている。重要なのはそれだけ。

ラフェはイーデンを膝の上に引き寄せ、キスした。ゆっくりと優しいキスにイーデンは意識がもうろうとし、せつなさに体の力が抜けた。

「インディアナポリスでは、きみを傷つけた。野蛮な行為が恥ずかしいよ」ラフェの瞳に浮かぶ自己嫌悪にイーデンは胸がつまり、なだめようとした。

「傷ついてなどいないわ。私もあなたがほしかったんだもの。わかっていたでしょう」自分の狂おしい反応を思い出し、イーデンの頬はピンクに染まった。

「今度は優しくするよ」ラフェは彼女を抱き上げ、

彼の寝室に向かった。「僕はきみを傷つけようといろいろなことをしたり、言ったりした。それなのに、きみはこうして僕が父を心配するあいだいたわってくれる。きみの思いやりが僕を謙虚な気持ちにさせてくれた。話し合いたいんだ」

イーデンはラフェの唇に指を当てた。「あとでね。あなたは前に、私たちは言葉じゃないほうが気持ちが伝わると言ったでしょう。今がそのときよ」

ラフェはローブを脱いだ。イーデンのネグリジェのリボンをほどき、こぼれる二つの胸のふくらみを両手で受ける。口づけには優しさと悔恨と許しを求める懇願がこめられていた。イーデンはこみあげる激情を満たしてほしいと願った。ラフェに胸の先端を優しく吸われ、あえぎがもれる。もう一方の胸も同じようにされると、彼女は体をのけぞらせた。腿の付け根に熱いものが満ちてくる。

今彼が欲しい。イーデンの渇望は白く燃え上がり、腰を上げて言葉にならない懇願を示した。

「今度は急がない。きみの準備ができるまで」

「もうできているわ」イーデンは狂おしいほど彼がほしかったが、ラフェは身勝手に体を奪った前回の償いをしようと決心していた。イーデンはわざと脚を開き、腰を浮かせた。彼の高ぶりが腿に押しつけられ、心臓が早鐘のように打つ。だが、ラフェは彼女の両手を片手で押さえて頭の上に持ち上げた。

「このまま我慢して」ラフェはうめいた。舌で彼女のうずく胸の頂を交互に濡らしながら、片手を彼女の脚のあいだにすべりこませ、繊細な手つきでわけ入った。彼の指がイーデンの内部を巧みにまさぐる。イーデンは短く鼻声をもらし、快感をこらえようとした。両手を頭上に押さえつけられていては身もだえするしかない。クライマックスに近づき、彼女はラフェの名を呼んだ。

彼女が上りつめる寸前でラフェは指を抜き、体を沈めた。イーデンは爆発しそうだった。貫かれるたびにより高みに上り、あらゆる抑制が砕けた。それでもラフェはリズムを崩さなかったが、徐々に動きが速くなって、ついに彼女の名を叫んだ。全身を震わせて自分を解き放つ彼に、イーデンはしがみついた。

愛の営みの余韻はこのうえなく甘美だった。イーデンはこれほどラフェを近くに感じたことはなかった。彼を愛するようにほかの誰かを愛することは決してないに違いない。でも、私は自分の気持ちを打ち明ける勇気があるだろうか？　離れていたあいだもずっと彼を愛していたと。彼はそれを望むかしら？　イーデンはラフェの髪を撫《な》でながら横たわっていたが、ふいに首筋が濡《ぬ》れるのを感じた。父を失う恐怖に屈したラフェの肩が震えていた。

それからの数日でファブリッツィオは劇的に回復し、医師と家族を驚かせた。差し迫った生命の危機が去り、ラフェの顔から不安の表情が消えた。

熱く結ばれた夜以来、イーデンは二人の関係が幾多の心の傷を乗り越えられるかもしれないと希望をいだいていた。だが、ラフェは彼女と二人きりになるのを避けているようだった。あの夜感情をあらわにしたことを後悔し、彼女がそれを深読みしないよう願っているかにも思えた。ラフェはイーデンをふたたびベッドに誘うこともなければ、もとの寝室に戻るようにとも言わなかった。さらに、イーデンのプライドの最後のかけらが、自分からそれを言い出すことを許さなかった。

プライドのおかげでベッドで独りだなんてわびしいものね。イーデンは今夜も彼のいない孤独な一夜を過ごしていた。体の喜びだけでなく、自分の心をとらえた男性とひとつになる感覚を求めていた。ラフェは礼儀正しく優しかったが、妙によそよしかった。イーデンはもはや二人がもとに戻ることはないと悟った。最初から不安定だった関係にあまりにも多くのダメージが重なりすぎた。

モナコ公国へ発《た》つ前日にラフェに仕事関係とおぼしき男性の客があり、その後ラフェの態度はさらに変わった。飛行機のなかでも丁重な態度で彼女に気配りをしたが、固いバリアは崩さなかった。イーデンは重い心を抱え、レースが終わったらイギリスに戻って残った人生のかけらを拾い集めようと思った。

モナコに着いた二人はたくさんのカメラのフラッシュを浴びた。世間は、父親の危篤が息子の走りにどう影響するかに注目していた。まったくの杞憂《きゆう》だったわね。イーデンは、ラフェがレースの序盤でトップに立ち、卓越した技術と身の安全を顧みない無謀さで疾走するのを息をつめて見守った。ラフェがチェッカーフラッグを受けてようやく体から力を抜いたとき、イーデンも、まるで自分がレースをしたくらい体が疲れきっていた。

これが彼の人生だ。ラフェが意気揚々と表彰台に立ち、観衆にシャンパンを振りまき、群がる美女にほほ笑みかける。世界がその足元にひれ伏す大富豪のプレイボーイ。誰よりも彼を愛しているけれど、これ以上公然の愛人として連れまわされ、彼に飽きられる日を待つことはできない。

ミラノに戻ると、ラフェはイーデンだけをリムジンに乗せた。

「僕はこのまま病院に行く。どうやら父はベッドに起き上がって、また会社を牛耳りだしたらしい」

「私も一緒に行きましょうか？」イーデンが尋ねると、彼は首を振った。

「父と二人きりで会いたいんだ。話し合わなければならないことがある」急に表情が曇り、ラフェはそれ以上説明しなかった。そんな必要ないものね？

イーデンは彼の家族ではない。ファブリッツィオが回復したのだからもう私がそばにいる必要はないのだ。ラフェの冷たい態度がそれを物語っていた。

ラフェのスポーツカーが轟音《ごうおん》をあげて私道にすべりこんだとき、屋敷のなかは暗かった。ソフィアはとっくに寝室に下がったに違いない。ラフェが父を見舞いに行ってから数時間がたっていた。

イーデンは？　起きて待っているだろうか？　電話をしておけばよかった。だが、僕は激しくショックを受けた。父親との会話に心から衝撃を受けたのだ。そして、自分のなかの悪魔を追い払う唯一の手段はスピードだった。高速道路を何度も行き来して、何百キロも走った。運転は彼にとって第二の本能のようなものだった。路面に意識を集中しているあいだは、イーデンのことも、自分が彼女をどんなに理不尽に扱ったかも考えずにすんだ。

ラフェは罪悪感にさいなまれていた。暗い気持ちのままイーデンが移った客用の寝室のドアを開けると、ベッドは空で、シーツもはがされていた。ラフェは父親の心臓発作のことを聞いたときよりも激しい戦慄《せんりつ》に襲われ、クローゼットの扉を大きく開けたが、何も残っていなかった。僕がようやく真実を知ったことを打ち明ければ、そのあとでイーデンが去っていくかもしれないとは覚悟していた。だが、家に帰ったときに彼女がいないとは思っていなかった。

力なくよろめきながら廊下に出たラフェは、自分の寝室のドアの隙間からもれる光に気づき、心臓の鼓動が激しくなった。蝶番《ちょうつがい》がきしむほど勢いよくドアを開ける。一瞬、イーデンが元の寝室に戻ってきたのかと喜んだが、ベッドの上の開かれたスーツケースが彼の希望を打ち砕いた。

「いつ現れるかと思っていたわ。ひょっとしたら戻ってこないかもと」慎重に彼の視線を避け、イーデンは落ち着いた声で言った。だが、よく見ると頬には涙の跡があり、ラフェは動悸《どうき》が激しくなった。

「僕がどこへ行ったと思ったんだ?」ラフェが穏やかに尋ねると、イーデンは肩をすくめた。

「あなたのアドレス帳にいくつも名前が載っているわ。女性には不自由しないでしょう、ラフェ」

「僕が一緒にいたいのはきみだけだ」ラフェは力をこめて言った。

「もう、お願いよ! 私がちょっとした気まぐれ以上の存在だというふりをするのはやめて。私はあなたの愛人。それ以上のものじゃない。あなたがはっきりと示したようにね」

「インディアナポリスから帰った晩、僕は腹を立てていた」ラフェは口を開きかけたが、イーデンは激しくかぶりを振った。ラフェはようやく彼女があやういところで自分の気持ちを抑えていたことに気づいた。彼女は今、目の前で粉々に崩壊しようとしていた。その責任は自分にある。

「あなたはインディアナポリスに行く前も、滞在中も、戻ってきてからもずっと怒っていたじゃない」激しい剣幕で責めた。「私はもうあなたの機嫌を先読みすることに疲れたの。理不尽に扱われることにも。あなたはすぐにかっとなったり、冷たくなったりで、私はいつもあなたにどう思われているのかわからなかった」数週間分の悲しみといらだちがついにあふれ出た。「お父様が病気のあいだは必要とされていると思ったわ。でも、本当はあなたは誰も必要としていない。そうでしょう、ラフェ? 私の肩は泣くのには便利だったけれど、お父様に回復の兆しが見えたらもういらなくなった。先週のあなたの態度がその証拠よ」

あれは、私立探偵が調べ上げたある事実にショックを受けていたせいだった。モナコに発つ前日、ラフェは自分がイーデンのことをまったく誤解していたことを知った。許される余地がないほど。そればかりか、父を問いつめて、彼女を二度も誤解していたことを知った。一度目は四年前だ。彼は罪悪感に打ちのめされた。どんなふうに彼女に切りだし、どうやってもう一度チャンスを与えてほしいと頼めばいいのかわからず、悔恨に悩む姿が彼をよそよそしく、近寄りがたく見せていたのだ。四年前、ラフェは彼女の話を聞く耳を持たなかった。イーデンが残酷な報復を望んだとしても責めることはできない。

「僕がきみを大切に思っていることの証拠が欲しいなら、これがそうだ」イーデンは熱い口づけに全身を震わせた。「僕たちに必要な証拠はこれだけだ」

イーデンは彼の胸に弱々しくもたれかかったが、その瞳に浮かぶ涙を見て、ラフェはまだ彼女の心を勝ちえていないことをさとった。

「体の相性がいいのは認めるわ」イーデンは静かに言った。「でも、私はそれ以上のものがほしい。自分を大事にしたいの。新聞を開くたびに誹謗《ひぼう》中傷されていないかとびくびくするのはいや。あなたは私の名誉を守ってくれはしなかった。ベネチアでカメラマンに盗み撮りさせたのは誰か、気にもしなかった。あなたの愛人でいるかぎり私は公共の所有物よ。もうそれはいやなの」

「誰がパパラッチをけしかけたかわかったんだ」イーデンがスーツケースを手にドアに向かうと、ラフェはあわてて言った。「これからは命がけできみを守るよ、僕のいとしい人《カーラ・ミーア》。あんな思いは二度とさせない。約束する」

イーデンはまじまじとラフェの顔を見た。まるで初めて見るような目で。その表情を見るかぎり、彼女は今見ているものにいい感情は持っていないようだ。「信じられないわ」イーデンはきっぱりと言った。「もう家に帰りたいの」

九月の後半の空に低くかかる太陽の光が、ダウアー・ハウスの古びた石壁を黄金《こがね》色に輝かせ、黄褐色に変わり始めた木々の葉の上で躍る。庭が見られなくなるのがいちばんさみしいわね。イーデンは芝の上を散策し、フレンチドアを抜けて最後の鍵《かぎ》をかけた。屋敷は新しい所有者が引っ越してくるまでネブが見てくれるだろう。彼がうっかりもらしたところによると売買はすんでいるようだ。明け渡しは急がなくていいと言われたが、もう出たほうがいい。

タクシーが私道に入ってくるのを見てイーデンの心は沈んだ。この日を予期していなかったことが自分でも不思議だ。ラフェが現れて自分への変わらぬ愛を宣言するという哀れな白昼夢にしがみついていたのだ。現実には、彼はこの一カ月間世界を飛びまわり、六度目の世界チャンピオンの座を目指していた。日本グランプリでの圧勝により、彼は史上最高のF1ドライバーとしての地位をゆるぎないものにした。彼の写真はあらゆる新聞の一面を飾り、傍らにはいつものようにブロンド美女が並んでいた。

「準備はいいかい、お嬢さん?」タクシー運転手は陽気に声をかけた。「スーツケースをトランクに入れてあげよう」

「窓を閉め忘れていないか、ちょっと見てくるわ」

イーデンは最後にもう一度なかを見たいという気持ちを抑えられない自分に腹を立てていた。本当の自分の家でもないのに、こんなに感傷的になるなんて。ここは家族向けの家だ。子どもたちでいっぱいになるのがふさわしい。でも、それは私の子どもではない。いいかげん、絶対に手に入らないものを望むのはやめなくては。

一階に下りたイーデンは外から聞こえる声に顔をしかめた。今日新しい家主が来るなら、ネブがそう教えてくれるはずよね? 真っ先に目に飛びこんだのは見間違えようのない真っ赤なスポーツカーだった。信じられないというまなざしを、イーデンは今度は彼女のスーツケースを奪い合うラフェとタクシー運転手に移した。

「これをトランクに入れるのかい、入れないのかい？」運転手は喧嘩《けんか》腰でどなった。

「入れて！」イーデンは外に出ながら叫んだ。

「だめだ！　ちょっと待ってくれ」ラフェが頼むと、運転手はあきれてスーツケースの持ち手を放した。

「そんならお二人さんに任せたよ」そう言って車に入り、ラジオをつけた。「おれはなかでクリケットの中継を聞いてるから、どっちかに決めてくれ」

「電車の時間があるの」イーデンは震えを隠し、努めて冷静な声を出そうとした。「なんのご用？」

「五分だけ時間をくれ」思いつめた真剣なまなざしに、イーデンは断ってもむだだろうと思った。「きみはこの家を気に入ってるんじゃなかったのか」居間に案内するイーデンに彼はつぶやいた。「それが、きみが僕のもとに戻った理由だと思っていた。父にそう言っただろう」

イーデンは青ざめた。「その理由は知っているでしょう」彼女は小声で言った。

「父に僕たちの関係が軽い情事にすぎず、結婚など望んでないと納得させるため？」

「そうよ」

「父がきみを脅威と見なしたら、二人を引き裂こうと画策すると恐れたからか？　四年前のように。あのときは、ジャンニに協力させたんだ」ゆっくり語るラフェの声には苦痛が感じられた。

「お父様がそんなことをしたのは、あなたのためを思えばこそだと思うわ。イタリア人の資産家の娘と結婚してほしかったのよ。なんの社会的地位もないイギリス人の牧師の娘ではなく」イーデンはあわてて答えた。こんな目に遭った今でも、イーデンはラフェが傷つくのを見たくなかった。崇拝する父親が裏切ったことを知れば、悩み苦しむだろう。

「父が僕たちの関係を認めなかったいちばんの理由は、子どもの障害を恐れてのことだったんだ。父はきみの弟が車椅子生活をしていたことを知っていたが、その原因は知らなかった」イーデンの顔を見すえたままラフェは言った。「それが父のしたことの言い訳になるとは思っていない。だが、これが精いっぱいの釈明だ」

「サイモンは事故で損傷を受けたのよ」イーデンはめまいを覚えた。

「わかってる。父も今は知っている。それに、サイモンの障害の原因がなんであれ、僕がきみと結婚したい気持ちに変わりはないこともね」

「そう」イーデンはつぶやいた。いまだになぜラフェがここにいるのかわからない。二人の関係が破綻《はたん》した本当の理由は変わらない。ラフェが私の言葉も人間性も信じなかったから。突きつめれば、私を愛していないからだ。信頼と愛がなければ、これから先も、どんな形にせよ誰ともかかわりを持つことはできない。イーデンはラフェの顔を見ても悲しくなりませんようにと祈りながら、にっこりと笑顔を向けた。ああ、最高にセクシーで魅力的な男性。でも、そう思う女性は私だけじゃない。その行列は長く、私はもう踏みつけにされることに飽き飽きした。

「本当にもう行かないと、話が終わりなら……」

「話はまだだ」突然、傲慢《ごうまん》で自分本位な本来のラフェに戻った彼は、瞳に炎を燃やし、癇癪《かんしゃく》を抑えようと髪をかき上げた。「僕は謝ろうとしているんだ」声にはそれまでなかった怒りがにじんでいる。「きみを傷つけた償いをしようとしているんだ。ほら」

ラフェはジャケットから封筒を取り出し、イーデンの手に押しつけた。「このほうがわかりやすいだろう」

イーデンはまじまじとラフェを見つめ、慎重に書類に目を通した。そして、胸をどきどきさせながら丁寧にそれを封筒にしまい、彼に返した。「ご親切なお申し出ね」涙をこらえて声がかすれた。「でも、結構よ」

「ダウアー・ハウスの権利書だぞ。きみのために買ったんだ」ラフェは大声で訴えた。

「わかっているけれど、受けとれないわ」イーデンは心と裏腹な静かな声で答えた。「お金で償う必要はないの。私は自分の意志であなたのところへ来た。二度ともね」

「金で償おうとしているんじゃない。本当にきみほど厄介な女はいないな」ラフェはイーデンをにらんだ。恐ろしいほどの気迫に満ちた、男性的な怒り。イーデンは彼の口元から無理に視線をそらした。どんなに体が欲していても、その唇にキスをしてはいけない。彼を愛しているからといってそれが正しいということにはならない。続けて言ったラフェの言葉はその思いを裏打ちした。「きみのためだけに買ったんじゃない。僕たち二人のためだ。僕がイギリスにいるときに」

ラフェの話はどんどんひどくなる。彼は私をこの地に来たとき用の住みこみの愛人に仕立てようとしている。家事以外の仕事もある家政婦。情けないのは、自分がそれに魅力を感じていることだ。

腕時計を見るとかなりの時間がたっていた。イーデンはタクシー料金が時間制ではないことを祈った。

「悪いけど、興味ないわ。この電車に乗り遅れたら飛行機のチェックインに間に合わないの」

「ロンドンじゃないのか。モンクトンは、きみが通信社に仕事を見つけたと言っていた」玄関を出るイーデンのあとを追いながら、ラフェがつぶやいた。

「ええそうよ、ロンドンじゃないの」

「それならどこで……ヨーロッパのどこかか？」

「西アフリカのシエラレオネ共和国よ」イーデンは白状した。「特派員として現地の状況をシリーズでレポートするの」

「僕を倒してから行け、いとしい人《カーラ》。危険すぎる」

「そこをどかなければ、文字どおりタクシーがあなたを倒すことになるわよ。それに危険というなら」イーデンは言葉につまった。「あなたはレーサーだわ！ 危険が聞いてあきれるわね。私はね、ばかばかしいほどのスピードであなたが命の危険を冒すのをコースの横に突っ立ってさんざん見てきたのよ」

「そのことについても話がある。明日記者会見で引退を発表する。きみに最初に知らせたかったんだ」

どんな反応を期待していたのかは、彼にも定かではなかった。驚き、ショック……少しは喜ぶそぶりも見せてくれるのではないかとさえ思っていたかもしれない。だがイーデンは、まるで彼がチョコレートを食べるのをやめるとでも宣言したかのように、無表情にラフェを見つめた。「そう、どうやらあなたも多少は進歩したようね」ようやく口を開いた彼女の言葉に、ラフェの堪忍袋の緒が切れた。

「なんてことだ《ディーオ》！ やることなすこと裏目に出る。きみが気に入った家を買えば、いらないと言う。きみがいやがるからレースをあきらめたのに、まるでどうでもいいような態度だ」タクシーに乗りこむイーデンを見ながらラフェは震える手で髪をかき上げた。何か反応してくれ。なんでもいいから気持ちを表してほしい。恐怖心に駆られ、全身をアドレナリンが駆けめぐる。ここが人生最大の正念場だ。しくじることは許されない。

「教えてくれ。どうしたら僕のところへ戻ってくれるんだ？」タクシーの開いた窓に頭を突っこみ、ラフェはイーデンを見すえた。イーデンは必死に瞳を閉じた。今にも、運転手にスーツケースをトランクから出すように言ってしまいそう。

「私があなたを愛するように、あなたが私を愛してくれなければだめなの」イーデンはささやいた。車が動きだし、こらえきれない涙がこぼれる。「私が望んだのはそれだけよ。そして、それはあなたが与えることのできない唯一のものだわ」

　イーデンは運転手にそのまま走るように言い、目をこするあいだまわりの景色も目に入らなかった。

突然運転手が急ブレーキをかけ、悪態をついた。

「無茶をしやがる」運転手は叫びながらタクシーを出た。「今気づいたぞ。あんたはあのレーサーだろ。いい車だな」鼻を鳴らしてつけ加えた。

「やるよ」ラフェは鍵束を運転手の鼻先に差し出すと、タクシーの運転席にすべりこんだ。「もういらないんだ。僕に必要なのは快適で安全なファミリーカーだ。そうだろう、カーラ?」

「Uターンして駅に送って」イーデンは震える声で言った。「どういうつもり?」

　ラフェは狭い田舎道をものすごいスピードで飛ばし、イーデンは思わず目をつぶった。目を開けたとき、車はダウアー・ハウスに戻っていた。

「下ろして」ラフェに抱き上げられて家のなかに運ばれながら、イーデンは訴えた。自分の気持ちを告白してしまっただけでもきまりが悪いのに、ぬいぐるみのように扱われて恥ずかしくてしようがない。

「愛しているに決まってるじゃないか、ばかだな」ラフェの癇癪は爆発寸前だった。「僕はきみをずっと愛してきた」

　イーデンの顔に浮かぶ驚きの表情を見れば、彼女がずっと疑ってきたこと、今でも信じていないことがわかった。ラフェのいらだちは消え、彼の生きがいである女性への優しい気持ちがあふれてきた。

「愛してるよ《ティ・アーモ》、カーラ・ミーア。きみのイタリア語は特訓が必要だ」ラフェはささやいた。「何カ月も愛してると言っていたのに。夢のなかなら何年も」

　イーデンは気持ちが砕け散る前に逃れようと必死にもがいた。「私をなぐさめるためにそんなことを

「言わなくてもいいわ」

「自分のために言ってるんだ。きみこそ僕の命、僕の愛する人だ。ホテルの窓を乗り越えて、ファンじゃないと言いはったあのときからずっとね」ラフェの口調は温かかった。イーデンは彼の黒い瞳にこめられた感情の深さに息をのんだ。

「でもあなたは私を信じなかったわ。私がジャンニと浮気したと決めつけて冷たくあたった。私の心を壊したのよ」イーデンはかすれた声で責めた。ラフェは彼女を床に下ろし、きつく抱きしめた。

「それからの四年間は地獄だったと言ったら少しは気が晴れるかな？　きみに会いたくても、重傷を負ったジャンニのそばを離れられなかった。あいつが苦しんでいるときに、自分だけ幸せを求めるのは悪い気がしたんだ。だが、一日だってきみを忘れたことはなかった。きみがウェルワースに戻ったと知り、何があっても捜し出そうと決めたんだ」

「本当にレースを引退するの？　レースはあなたの人生でいちばん大切なものじゃないの、ラフェ。私のためにそんな犠牲を払ってもらいたくないわ」

「きみが僕の人生なんだよ。ほかはその足元にも及ばない。犠牲じゃない。きみのためにやめるんじゃなく、きみと一緒にいたいからやめるんだ」

ラフェのキスにイーデンは心を揺さぶられた。貪欲《どんよく》で情熱的で、それでいて彼の言葉の真実を確信させるような優しさのこもったキス。信じがたいことに、このすばらしい、カリスマ的な、そのうえとんでもなく癪に障る男性は私を愛している。

「僕と結婚してくれるかい？」首筋に唇を這《は》わせながら、ラフェはかすれた声でささやいた。

イーデンはためらった。瞳に警戒の色が戻る。

「あなたのお父様は……」言いかけた彼女の顎を持ち上げ、ラフェは自分の愛で彼女を盲目にするかのように熱く見つめた。

「四年前に僕が結婚したいと思っていたことを知っている。ほかの女性に一度も心が動かなかったことも。それに、孫を抱くという悲願がきみの返事にかかっていることもね。だいじょうぶ、父こそきみがイエスと言ってくれるのを心から祈っている」

この部屋が好きだったわ。イーデンはラフェが一度だけ使った主寝室を見まわした。彼が去ってからも、つながりを求めてこのベッドで眠った。シルクの上掛けの上に横たえられ、イーデンは口元をほころばせた。

「あなたは私がイエスと言うのを望んでいるのかしら？」イーデンは、彼女のブラウスのボタンを躍起になってはずすラフェに問いかけた。もどかしげに引っぱられて小さなパールがはじけ飛んだ。イーデンの声に不安が残っているのを感じ、ラフェはいちばん効果的な方法で彼女を安心させた。彼の唇の情熱的な愛撫《あいぶ》で疑いが消えていく。

「望んでいるんじゃない。イエスと言うと思っている」けたはずれの傲慢さが戻った。「きみは僕の運命の人だ。心から愛している。イエスと言うしかないんだよ。きみが承知するまで僕は一生きみを追いかけるから。だがそんなことに時間を費やすより、もっと二人で楽しめることはいくらでもある」そう言ってラフェは楽しい時間の過ごし方の一部を実証し始めた。胸に唇を這わせるラフェの首に、イーデンは腕をまわした。

「それなら、時間をむだにはしないわ」イーデンは息を乱しながら協力的に腰を上げて彼がスカートを脱がせやすくした。「愛してるわ、ラフェ」二人の体はひとつになり、イーデンは深い思いをたたえたラフェの黒い瞳に惹《ひ》きこまれた。

「僕もきみを愛してる、カーラ・ミーア。これから先一生ずっと」

みじめな愛人
2010年9月5日発行

著　　者　シャンテル・ショー
訳　　者　柿沼摩耶（かきぬま　まや）

発 行 人　立山昭彦
発 行 所　株式会社ハーレクイン
東京都千代田区外神田 3-16-8
電話 03-5295-8091（営業）
03-5309-8260（読者サービス係）

印刷・製本　大日本印刷株式会社
東京都新宿区市谷加賀町 1-1-1

ISBN978-4-596-12533-0 C0297

9月20日の新刊 発売日9月17日

※地域および流通の都合により変更になる場合があります。

愛の激しさを知る ハーレクイン・ロマンス

ブエノスアイレスの別れ	マギー・コックス／長田乃莉子 訳	R-2534
あなただけに言う秘密	ケイト・ヒューイット／仁嶋いずる 訳	R-2535
ハネムーンは終わらない	ミランダ・リー／水間　朋 訳	R-2536
砂漠の王に愛を捧げ（ダイヤモンドの迷宮Ⅷ）	キャロル・マリネッリ／加納三由季 訳	R-2537
ギリシアに囚われた花嫁	ナタリー・リバース／加藤由紀 訳	R-2538

ピュアな思いに満たされる ハーレクイン・イマージュ

おとぎの島への招待（地中海の王冠Ⅲ）	マリオン・レノックス／山口西夏 訳	I-2120
記憶のいたずら	ジョージー・メトカーフ／深山　咲 訳	I-2121
罪深きイヤリング	マーガレット・ウェイ／柿原日出子 訳	I-2122

この情熱は止められない！ ハーレクイン・ディザイア

最後の夜と知りながら（キング家の花嫁Ⅵ）	モーリーン・チャイルド／江本　萌 訳	D-1402
シトラスは略奪の香り（空翔る一族Ⅰ）	エミリー・ローズ／西本和代 訳	D-1403
甘い眠りに落ちて	トリッシュ・ワイリー／神鳥奈穂子 訳	D-1404

人気作家の名作ミニシリーズ ハーレクイン・プレゼンツ 作家シリーズ

地中海の王子たちⅡ　愛なきウエディング	シャロン・ケンドリック／藤村華奈美 訳	P-378
アラビアン・ロマンス：バハニア王国編Ⅲ		P-379
さよならは告げずに	スーザン・マレリー／松田優子 訳	
楽園の恋をもう一度	スーザン・マレリー／高木明日香 訳	

お好きなテーマで読める ハーレクイン・リクエスト

さよならは言わない（恋人はドクター）	ベティ・ニールズ／安引まゆみ 訳	HR-288
魅惑の黒い瞳（ボスに恋愛中）	キャスリン・ロス／久坂　翠 訳	HR-289
遅れてきた恋人（年上と恋に落ち）	シャロン・サラ／土屋　恵 訳	HR-290
薔薇に託した思い（シンデレラに憧れて）	スーザン・スティーヴンス／秋元由紀子 訳	HR-291